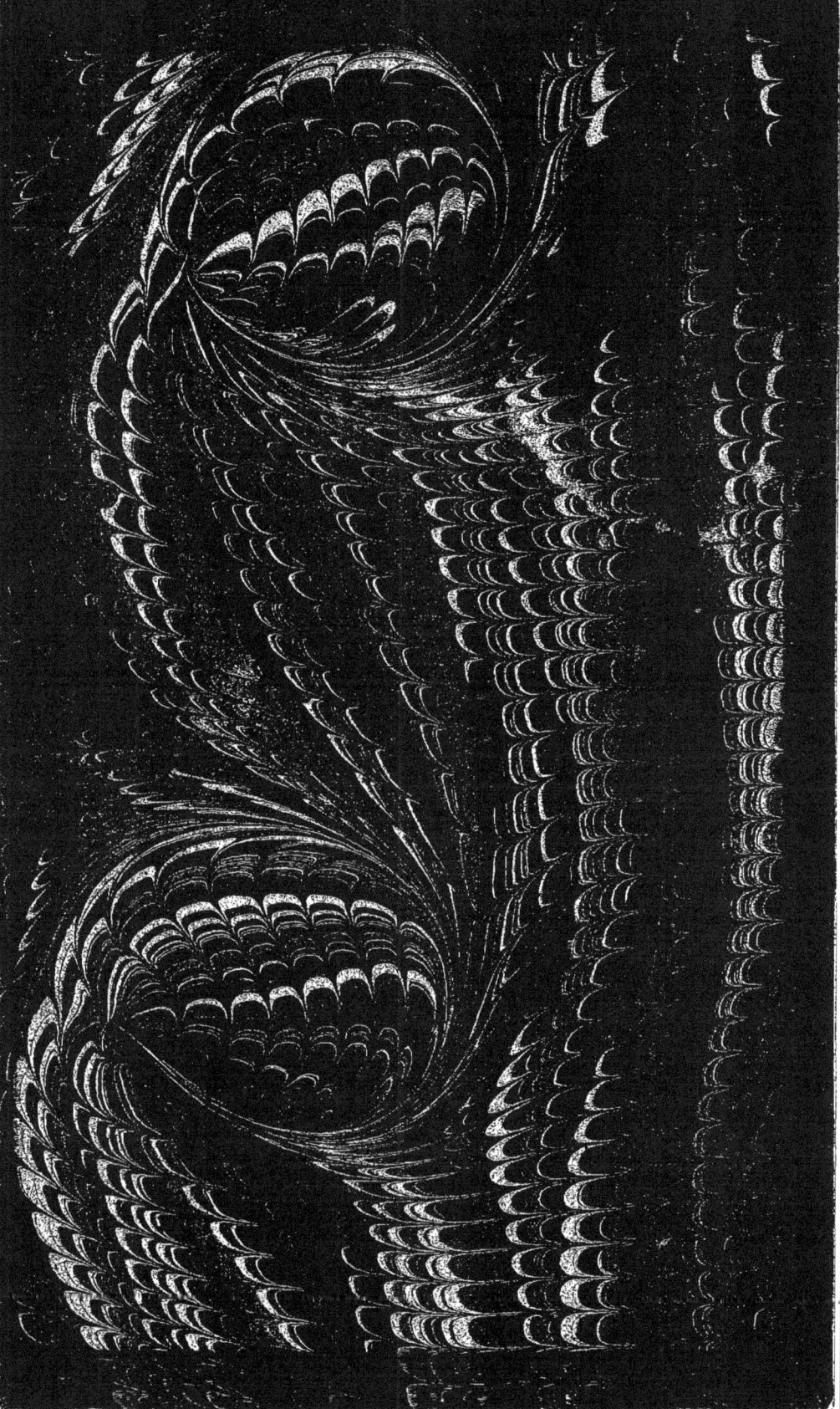

LES
BAISERS

C. Eisen inv.   N. Ponce Sculp. 1770.

LES
BAISERS,
PRÉCÉDÉS
DU MOIS DE MAI,
POËME.

A LA HAYE,

Et se trouve à Paris,

Chez LAMBERT, Imprimeur, rue de la Harpe.

ET DELALAIN, rue de la Comédie Françoise.

M. DCC. LXX.

RÉFLEXIONS

PRÉLIMINAIRES.

Toutes ces petites Piéces étoient éparses dans mon portefeuille. Quelques personnes ont desiré que je les recueillisse, et m'ont ensuite invité à les rendre publiques. Je n'ai pas voulu y mettre l'importance d'un refus, et je les donne sans prétention, comme elles ont été faites.

Les Baisers de JEAN SECOND, né à la Haye, Orateur, Sculpteur et Poëte célèbre, moissonné à la fleur de l'âge (1), sont un des plus agréables Monumens de

---

(1) Il mourut à vingt-quatre ans, sous le regne de CHARLES V, dont il fut Secrétaire. Nous avons de lui, outre ses Baisers, des Élégies, des Épitres adressées à une *Julie*, dont il fut éperdument amoureux, des Épigrammes, et un ouvrage intitulé *les Forêts*.

la Latinité moderne ; ils rappellent quelquefois l'élégance de *Catulle*, et jamais son cynisme effronté : mais, malgré l'estime que j'en fais, je ne me suis point avisé de les traduire. Les beautés qui y sont répandues ne sont point d'une nature à passer aisément d'un idiome dans un autre. Elles ressemblent à ces sucs volatils qu'il faut tenir enfermés dans le vase qui les contient ; ils s'évaporeroient dans l'intervalle du transport.

On peut traduire un Philosophe, un Moraliste, un Orateur éloquent, un grand Poëte, soit dramatique, soit didactique. Ils s'adressent à tous les hommes. Si l'on n'est pas toujours fidele à leur expression, on conserve du moins le nerf de leurs idées ; ce sont de beaux corps d'athlètes qui se passent de draperies et d'ornemens ; mais il n'en est pas de même des ouvrages que l'éclair des sensations produit, qui naissent du moment, et sont les élans subits d'une ame passionnée. Il ne leur reste plus rien, pour peu qu'on leur ôte cette fraîcheur, ces graces impalpables, cette transparence de coloris qui fait leur premier charme; et voilà justement tout ce qui disparoît dans une laborieuse imitation. On copieroit le *Poussin* avec plus de succès que l'*Albane;* l'un a des masses qui frapperoient, quoique mal rendues; l'autre a des délicatesses qu'on ne peut rendre.

Lorsqu'*Anacréon* laissoit échapper quelques-uns de ces vers qui font encore nos délices, ses amis buvoient à sa table, *Lycoris* y jetoit des fleurs et dansoit autour de lui. Comment un Traducteur, dans son triste cabinet, peut-il suppléer au délire d'une orgie, aux attitudes voluptueuses d'une jolie femme, à la chaleur d'un entretien aiguillonné par le vin et sur-tout par la liberté ? Les Graces, toujours indépendantes et légères, fuyent sous la plume qui croit les captiver. En un mot, je compare ceux qui entreprennent la version servile des Poëtes aimables, au valet de l'*Homme à bonnes fortunes*, qui, dès que son maître est parti, se met à sa toilette, imite ses airs, ses propos, les inflexions de sa voix, et remplace par une bouffonnerie grossière la fatuité élégante de son modèle.

Ce n'est donc point l'Ouvrage de *Jean Second* que j'offre au Public, c'est le mien. J'ai profité quelquefois de ses idées, je ne m'y suis jamais assujetti. Les productions de ce genre sont bien rares parmi nous ; j'ai essayé d'en démêler les causes dans quelques réflexions qui se trouvent à la tête du Poëme des *Tourterelles*. Il est certain que nos Poëtes sont rarement voluptueux. *Chaulieu* l'est par momens, *la Fare* n'a jamais la force de l'être ; *Senecé* est riant, facile et froid : la sensibilité de *Daceilli* ne passe pas les Madrigaux ; ainsi des autres.

Quelques personnes ont prétendu que c'étoit la faute de notre langue ; ce reproche me paroît injuste. Il est vrai qu'elle n'a point les mignardises latines, ni cette foule de diminutifs si commodes, qui donnent au style un air enfantin, et le mettent en quelque sorte à la portée des amours; mais elle a d'autres ressources qu'il faut connoître et savoir employer. C'est un instrument qui se plie à tout dans la main exercée qui le manie avec adresse. Rien n'est plus varié que cette Langue qu'on accuse d'être pauvre et uniforme. Elle est forte, rapide et sublime dans *Bossuet*, pressante dans *Bourdaloue*, musicale dans les vers de *Racine*, flexible, abondante et fleurie dans la prose de *Fénélon*, grave et sévère dans *Nicole*, vive et saillante dans *Hamilton*, pure dans *le Sage*, brillante dans *Gresset* : c'est tour à tour une lyre qui résonne, un fleuve qui coule, un tonnerre qui gronde, un zéphir qui se joue; elle développe les affections de l'ame, pénètre dans les plis du cœur, obéit à la baguette de l'imagination : pourquoi ne seroit-elle ingrate et rebelle que sous la main qui voudroit nous peindre en traits de feu l'ivresse, l'abandon, les frémissemens, l'énergie du plaisir ?

Il ne faut qu'ouvrir *Montagne* pour savoir combien elle est riche et féconde. Ce Livre est en quelque sorte le dépôt de ses trésors. Une fausse délicatesse les empêche de circuler : mais ils existent, et n'attendent qu'un Philosophe pour leur rendre le crédit qu'ils ont perdu. En effet une fausse délicatesse nous a privés d'une foule de mots que le génie, enchaîné par l'usage, regrette souvent dans ce dédale de circonlocutions dont il est obligé de se servir. Au lieu de créer des termes nouveaux, il seroit bien utile d'examiner parmi les Anciens ceux qu'on peut réhabiliter ; ce seroit un Ouvrage qui, exécuté par un homme de goût, serviroit de pendant aux *Synonymes françois* ; la langue, en augmentant ses fonds, seroit moins sujette à la monotonie qu'on lui reproche, et on ne l'accuseroit plus de ressembler à ces avares qui périssent d'inanition à côté de l'or qu'ils ont accumulé.

Mais, telle qu'elle est aujourd'hui, elle peut tout exprimer, tout embellir et se prêter au mélange des couleurs les plus opposées. Je la crois très-faite sur-tout pour s'adapter au genre dont je hasarde de foibles essais. Je n'ai garde de le confondre avec ces écrits licentieux qui bouleversent les sens, au lieu de les chatouiller. L'image de la Nature corrompue révolte; la Nature foible intéresse; c'est elle qu'il faut peindre. Ne passons jamais les limites que la décence a posées; elle sert le Peintre au lieu de lui nuire; lorsqu'elle affoiblit l'image, c'est toujours pour fortifier le sentiment.

Si je vous offre une Bacchante échevelée, l'œil ardent, la gorge nue, et brûlante encore des baisers de quelque Satyre, je ne réunirai point les suffrages : mais que je vous montre dans un bosquet sombre une jeune Bergère qui s'étonne de voir son sein éclore et palpiter, qui s'applaudit, en rougissant, du progrès de ses charmes, et ressent l'amoureuse inquiétude qui naît avec eux, j'aurai fait un tableau charmant, fait pour attacher tous les regards, et sur lequel se reposeront les yeux même de l'innocence. Je dirai plus ; avec des précautions, ces sortes d'ouvrages, frivoles en apparence, peuvent avoir quelque utilité.

Pour expliquer ce paradoxe, il faut jeter un coup d'œil sur l'état actuel de notre galanterie. Tout le monde convient qu'elle est bien dégénérée. Ce n'est plus ce commerce de sentimens tendres, de soins délicats et de plaisirs voilés que l'autre siécle connoissoit encore ; c'est un trafic déclaré de faussetés, d'inconséquences, quelquefois de noirceurs, un mensonge convenu entre les deux sexes. L'a-

mour-propre attaque une femme; le ma-
nége en vient à bout ; on la déshonore
par reconnoissance. Rien n'est si comique
que d'entendre nos jeunes gens ridiculiser
l'Amour, le persiffler comme un défaut
d'usage, le traiter enfin comme un Dieu
de la vieille Cour, et s'applaudir bonne-
ment de ce qu'ils n'ont plus que des plaisirs factices et un bonheur empoisonné.
Que diroit-on d'un homme qui seroit bien
aise qu'on infectât le canal, d'où ses prairies empruntoient leur agrément et leur
abondance? Telle est l'image de ces jolis
plaisans ; ils s'imaginent être des Philoso-
phes, et ne sont que des Sots très-mal-
heureux. L'ennui profond d'une ame sté-
rile perce bientôt à travers ce rire d'étiquette. Emprisonnés dans un cercle d'in-
trigues qui les dégradent, ils vieillissent
en pirouettant, et en bénissant le siécle
fortuné où l'on s'eft défait de toutes les
jouissances qui nous étoient ménagées par
la Nature.

Nous avons trop souvent l'injustice d'accuser les femmes de ces travers dont elles sont moins les causes que les victimes. Ce sont en général des êtres foibles, délicats et sensibles, qui obéissent aux impressions qu'on leur donne ; elles ressemblent à cette plante susceptible que le tact le plus léger fait rentrer en elle-même. La tendresse habituelle qu'elles ont dans l'ame est un ressort puissant qui les tourneroit au bien avec encore plus de facilité qu'il ne les entraîne vers le mal ; mais que veut-on qu'elles deviennent dans ce tourbillon d'êtres faux, qui se font une étude de les corrompre, un devoir de les tromper, et cachent la cruauté des tyrans sous l'adresse des séducteurs ?

L'union que les loix autorisent offre-t-elle moins d'inconvéniens ? Le mariage n'est autre chose qu'un contrat illusoire rédigé par un Notaire, ratifié par un Curé, entre deux personnes qui s'unissent pour ne point vivre ensemble. Nos maris sont si accoutumés à mépriser leurs maîtresses, qu'ils ne savent plus comment s'y prendre, quand il s'agit d'estimer leurs épouses, et l'estime est le premier frein pour un être qui a quelque idée de la vertu. Celui qui a l'air de mépriser sa femme lui donne en quelque sorte le droit de justifier cet affreux sentiment, et c'est sa faute quand elle en profite.

Soyons vrais. L'honnêteté (celle du Sexe sur-tout) se décourage bientôt quand elle est sans récompense; on commence par les pleurs, l'ennui succède, l'exemple gagne, et l'on préfère enfin l'étourdissement du plaisir à cette morale gênante qui afflige l'esprit, tourmente le cœur, et ne tranquillise que la conscience. D'ailleurs, il est bien doux pour une femme de se venger, par l'apparence du bonheur, du despote indifférent qui lui en ôte la réalité, en dépouillant ses devoirs de ce charme consolant que l'Amour leur imprime et dont rien ne dédommage; de là, cette inconduite, ces écarts, ce délire de tête que souvent l'ame désavoue. On fait un premier choix, on s'en repent ; un second, on s'en repent encore ; on finit par ne plus choisir.

Nous seuls avons donné lieu à cette contagion qui circule dans toutes les branches de la société. Qu'est devenu cet esprit national, cette politesse, ce respect pour le Sexe, source de tant de plaisirs ; en un mot, cette délicatesse françoise qui se mêloit au génie guerrier, ennoblissoit l'Amour, et faisoit naître d'un besoin des sens la noble émulation de la vertu ? Nous répétons avec transport les noms des *Bayards*, des *Vendômes*, des *Nemours*, &c. mais que nous sommes loin de les imiter ! Un égoïsme aride a pris la place de cette galanterie franche que nous louons dans nos ancêtres, et qui seroit sifflée, si l'on s'en avisoit aujourd'hui.

Nous payons bien cher de froides

Courtisanes qui , pour notre argent ,
nous dispensent d'être aimables , et , en
cas de besoin , nous feroient grace de
l'honnêteté , comme formant avec elles
un contraste incommode. C'est d'après
ce calcul qu'elles veulent bien débarrasser
la plûpart de nos *Merveilleux* de leur
santé , de leur argent et de leurs principes ; mais tout cela lestement , sans
leur inspirer même de ces passions vives qui les justifieroient. Cette agitation
leur feroit peut-être appercevoir qu'ils
ont une ame , et ils auroient du moins
le plaisir de la surprise. Quand de jeunes arbres sains et vigoureux tout-à-
coup se décolorent , se dépouillent et
meurent ; ce ne sont point les secousses
des vents qui les tuent, c'est que le sol
où ils s'élevent produit un insecte qui
pique et empoisonne leurs racines. L'ap-
plication n'est pas difficile ; mais tout ce
que je pourrois dire de nos Phrynés ne
détruira point ce qu'elles savent faire. Il

est de notoriété publique que leur bien-faiteur est toujours leur dupe de prédi-lection : n'importe ; il faut être au cou-rant, pensionner le vice, végéter aux pieds de l'Idole, et la couvrir de dia-mans, pour être cité comme un homme *essentiel* dans les coulisses de l'Opéra.

On verra, d'après cet exposé, qu'il n'est pas tout-à-fait inutile de réveiller parmi nous les idées d'une volupté vraie, qui naît de la nature, se développe par l'estime, se nourrit dans l'ame, la concentre, et ne l'isole que pour la faire jouir avec plus de recueillement et de vivacité. Presque tou-tes les autres passions répandent l'homme hors de lui ; l'amour le ramène au-dedans, et simplifie son bonheur. Il faut au Cour-tisan des titres, des honneurs, des ri-chesses, et il desire encore ; le Conqué-rant dévore, envahit des Provinces, et il n'est point satisfait. Il ne faut à l'A-mant qu'une solitude et un cœur dont il soit aimé.

J'ai

J'ai cru d'ailleurs qu'il étoit piquant d'opposer le langage de la passion au persifflage de nos Cercles, au ton léger des *Alcibiades* modernes, qui outrent l'impertinence, comme nos anciens Paladins outroient l'héroïsme et l'amour.

Quelques Censeurs austères, peu contens de ces motifs, vont crier au scandale, et m'accuseront d'avoir fait un Ouvrage contre les mœurs : je ne les en croirai pas. Pourquoi la peinture des plaisirs à qui l'homme doit son existence et son bonheur, seroit-elle un tableau profane qu'on n'osât lui présenter ? Tout dépend de la pureté des couleurs. Si un grand Peintre vouloit représenter la Modestie, peut-être faudroit-il qu'il la peignît nue.

Je suppose que cette Brochure tombe entre les mains d'une jeune fille encore ignorante dans les mystères de l'Amour : les vers qu'elle lira, sans effaroucher sa pudeur, rempliront son ame d'une sen-

B

sation douce et vague qui tournera au profit de l'Amant destiné pour l'instruire : le grand malheur! Aimer est le métier des femmes. Pourquoi leur cacher si long-tems ce qu'elles ne savent jamais trop tôt? D'ailleurs, les Contes même de *La Fontaine* en diront moins à une jeune personne que la Nature ne peut lui en dire. Elle quitte le livre, les distractions surviennent, les idées s'effacent ; mais la Nature est toujours là. Elle parle, non pas à son oreille, mais à son cœur; elle s'explique dans ces rêveries involontaires, dans ces élans secrets, dans cette mélancolie qui l'avertit d'un bonheur à trouver, et redouble d'autant plus ses desirs curieux, qu'on jette plus de nuages sur son éducation. Le vrai voluptueux est sensible, et la sensibilité conduit à la vertu. On ne lit point *Tibulle* (1) sans

_____

(1) M. de * * * connu par des Ouvrages pleins de délicatesse, va nous donner uue traduction ou plutôt

aimer , sans estimer le Peintre qui nous a tracé de si touchantes images : il fait envier à nos cœurs la félicité du sien. Ses élégies inspirent cette tristesse qui plaît, dispose l'ame à s'épancher, et la rend meilleure en la rendant plus tendre. *Ovide* joue autour du cœur. *Tibulle* y pénétre, persuade ce qu'il écrit, et amene enfin son Lecteur·à cette Philosophie douce, qui fait trouver tous les plaisirs dans l'union intime et délicieuse de deux êtres bien assortis.

Voici un morceau de sa premiere élégie qui prouve tout ce que je viens de dire. Je vais en risquer la traduction pour ceux qui ont le malheur de ne

---

unè imitation très-libre de *Catulle ,* de *Tibulle* et de *Gallus ;* car c'est ainsi qu'on doit traduire les Poëtes agréables. Il ne faut pas ressembler à ces Peintres qui copient servilement les traits, et manquent la physionomie.

pouvoir pas le lire dans l'original (1).

» Qu'il est doux, tandis que les tem-
» pêtes se font entendre, de reposer
» près de sa maîtresse et de la serrer
» amoureusement dans son sein! Qu'il
» est doux, quand les vents soufflent
» les frimats, de se tenir embrassés, et
» de s'endormir au murmure d'une pluie
» qui invite au sommeil! Qu'il soit ri-
» che, il le mérite, l'insensé qui traverse
» les mers lointaines et court affronter
» les orages; mais périsse tout ce que

---

(1) Qu'il *est doux* dans le cours d'une orageuse nuit
        D'embrasser *un objet aimable*,
    Et de se rendormir dans ses bras au *doux* bruit
        Que fait une pluie agréable !

Cette foible imitation est du Marquis *de la Fare*. Tel est le style de ces Poëtes négligés, qu'on appeloit autrefois les *Anacréons* et les *Tibulles* de leur siécle. Quand on met leurs écrits à côté de leur réputation, on rougit de se donner quelque peine pour une gloriole qu'ils ont si aisément obtenue.

» la Terre enferme de trésors, avant
» que mon absence puisse affliger ce
» que j'aime! C'est à toi, Messala, de
» combattre sur l'un et l'autre élément,
» et de suspendre au faîte de ton pa-
» lais les dépouilles des ennemis vain-
» cus; pour moi je suis retenu dans les
» chaînes de ma belle maîtresse; heu-
» reux de veiller à sa porte trop lente
» à s'ouvrir, et d'en être le gardien fi-
» dele! Que m'importe qu'on me loue,
» ma *Délie*! Que m'importe qu'on m'ac-
» cuse d'indolence et de paresse, pourvu
» que je puisse te voir à ma dernière
» heure, et qu'en expirant je tienne ta
» main dans ma main défaillante! Sans
» doute, ô ma *Délie*, tu regretteras ton
» cher *Tibulle*! Quand on m'aura mis
» sur le bucher, tu viendras, avant
» qu'il s'allume, me couvrir encore de
» baisers et de larmes. Oui, tes larmes
» couleront; le Ciel t'a donné un cœur
» tendre et sensible. A ton exemple tes

» jeunes compagnes et leurs jeunes Amans
» ne reviendront de mes funérailles que
» l'œil humide des pleurs qu'ils auront
» versés. Crains alors d'offenser mes
» Mânes; épargne ta chevelure flottante;
» épargne, ô *Délie*, les roses de tes
» joues délicates. . . . .

» Cependant jouissons des faveurs du
» sort ; enlaçons nous par d'amoureuses
» caresses. Trop tôt la mort viendra
» m'envelopper de ses ténèbres ; l'âge
» qui se glisse sourdement , viendra
» trop tôt m'interdire ces jeux. Me
» siéra-t-il de parler d'amour, quand la
» vieillesse aura blanchi mes cheveux? Sa-
» crifions à Vénus , Déesse volage, tan-
» dis que je puis sans honte forcer des
» verroux, et me tirer avec honneur des
» tendres démêlés des Amans. C'est dans
» cette guerre que j'unis la science d'un
» chef à la valeur d'un soldat. Loin de
» moi trompettes et drapeaux; guerriers
» ambitieux , allez chercher dans les

» champs de la gloire des blessures et
» des richesses; moi, content de ce que
» je posséde, heureux dans les bras de
» *Délie*, je mépriserai l'opulence, et je
» foulerai aux pieds les besoins qu'elle
» multiplie ».

Ces vers respirent l'amour le plus enflammé; le sentiment le plus pur et la
volupté la plus irréprochable. Ainsi pré-
sentée, je soutiens qu'elle serviroit au
progrès des mœurs, loin de leur être
nuisible. S'il étoit un être qu'offensât un
aussi doux tableau, je le plaindrois d'avoir
de tels scrupules, et ne me fierois pas à ses
principes. Je connois bien des volumes que
je donnerois pour quelques beautés de ce
genre, si rares dans nos Ecrivains, et si
fréquentes dans *Tibulle* qu'on peut appe-
ler le Poëte du cœur, et je dirois presque
le Moraliste des amours.

Je m'applaudirai, dussé-je passer pour
un Gaulois, si j'ai approché de mon modèle. On verra, par les feux que Thaïs

B iv

inspire, comment on devroit aimer celle
qu'on a choisie pour sa compagne, et, en
général, ce Sexe charmant qui nous polit,
nous console, nous donne ou des plaisirs
vrais, ou des erreurs qui leur ressemblent, et ne cesse jamais d'être intéres-
sant, même quand il nous trompe, parce
qu'il eſt rare qu'il nous prévienne.

LE MOIS DE MAI,

POËME.

On apprend qu'il s'est glissé quelques exemplaires de cet ouvrage, d'une édition très-imparfaite ; cependant, quoiqu'elle ne fût point destinée à paroître, on donnera, pour satisfaire ceux entre les mains desquels elle est tombée, les augmentations qui se trouvent dans celle-ci, sur le même papier et dans le même format.

LE MOIS DE MAI,

POËME.

Environné des Jeux, des Graces ingénues,
Porté par les Amours sur un trône de nues,
Le Mois de Mai descend ; la Terre lui sourit,
Les flots plus librement serpentent dans leur lit ;
D'une prodigue main il seme la verdure,
Et lève le rideau qui cachoit la Nature.
Restaurateur du Monde, il change en sels féconds
Ces longs tapis d'albâtre étendus sur les monts,
Et, répandant au loin sa vapeur fortunée,
Il émaille de fleurs le cercle de l'année.

A peine a-t-il paru; le Soleil, dans son cours,
Se plaît, du haut des airs, à prolonger les jours:
Par-tout, avec ses feux, il épanche la vie,
De ses plus doux rayons caresse la prairie,
Et retarde le soir ses coursiers haletans,
Pour respirer l'odeur et le frais du Printems.
Mois chéri des Mortels, mois de l'heureux délire,
De myrte et de lauriers entrelace ma lyre.
Violettes, naissez sous les humbles gazons:
Pan, viens avec ta flûte accompagner mes sons;
Vous, Driades, quittez l'écorce de vos hêtres:
Les Désirs voltigeans sous ces voûtes champêtres,
Ce jour tendre et voilé, ces grouppes de Sylvains,
Agitant, à l'envi, des branches dans leurs mains,
L'attrait impérieux de la saison nouvelle,
L'épaisseur de ces bois, et l'ombre vous appelle.
L'ombre sert la Pudeur, elle enhardit les Jeux;
Les Faunes, au Printems, ont le droit d'être heureux.
Si vous me l'ordonnez, je tairai leurs caresses.
Venez, de vos cheveux laissez flotter les tresses:
Unissez sans effroi vos amoureux soupirs:
Je suis le confident, non l'écho des plaisirs.

Ah! qu'il est doux d'errer au sommet des montagnes!
D'y voir se déployer le tableau des campagnes,

Eh! comment éluder, dans ces frayeurs mortelles,
Un Dieu, lorsqu'il est jeune et lorsqu'il a des aîles?
Zéphire est le plus fort, je céde, et mon Amant
De l'hymen à l'amour joint encor le serment.
Il m'a donné pour dot ce jardin, où l'Aurore
Versa ses premiers pleurs, et que ma main décore:
Cette source l'arrose; un printems immortel
De festons toujours verds entretient mon autel.
Dans ces lieux enchantés je survis à Pomone;
Et l'Hiver qui la chasse embellit ma couronne.
Dans cet heureux séjour, que j'ai rendu sacré,
Les Heures quelquefois, en habit chamaré,
Pour enchaîner l'Amour, au moment qu'il sommeille,
Viennent choisir des nœuds tressés dans ma corbeille.
Les Graces, à leur tour, des paniers à la main,
Pour l'autel de Vénus emportent leur butin.
C'est moi seule, c'est moi qui semai la première
Les différentes fleurs qui nuancent la Terre.
Sous une teinte égale elles couvroient les champs;
C'est moi qui leur donnai ces divers ornemens.
J'ai fait naître une fleur du beau sang d'Hyacinthe;
Phébus inconsolable y trace encor sa plainte:
Narcisse, en s'adorant, mourut au bord des flots;
Et fleur, il semble encor se chercher dans les eaux.

A deux Amans captifs je fus jadis utile :
Le sort, le sort cruel séparoit leur asyle,
Et leur plaintive voix qu'ils n'osoient élever,
Expiroit dans les airs, avant que d'arriver.
Le mêlange des fleurs leur fournit un langage ;
De ces signes muets ils connoissoient l'usage,
Il leur servit alors, et le jour fut moins long.
Une rose interroge, un œillet lui répond.
Modeste en sa couleur, la sombre violette
Annonce le tourment de leur ame inquiette :
Le pavot peint l'ennui, le lis, la vérité ;
La jonquille exprimoit l'amour persécuté.
Ainsi de leurs soupirs cet éloquent symbole,
Remplaçant le discours, les soutient, les console ;
Et, grace à quelques fleurs, interprêtes charmans,
D'un organe inconnu j'enrichis deux amans.
Toi, poursuis tes tableaux sous l'auspice de Flore,
Et fixe dans tes vers le mois où l'on m'adore :
Ose, prends ces pinceaux, destinés au Plaisir,
Construits d'un bois de rose, et taillés par Zéphir.

　　Elle fuit à ces mots : on connoît l'Immortelle
Au céleste parfum qui s'exhale après elle.

　　Mois, objet de nos vœux, et toujours regretté,
Même alors qu'on jouit des trésors de l'Eté ;

Aime-t-il mieux ces toîts, dont la simplicité
Annonce la candeur plus que la pauvreté?

   Que vois-je? Un habitant de cet enclos rustique
Quitte l'obscur abri de sa cabane antique!
Il pleure d'allégresse, il ne sent plus ses maux,
En voyant reverdir le fruit de ses travaux.
Cultivateur d'un sol dont un autre est le maître,
Il sourit aux trésors que sa main a fait naître:
Ses regards tour à tour, dans ces momens heureux,
Sont baissés vers la Terre et levés vers les Cieux:
Il compte les boutons qu'un matin vit éclore;
De leur nombre étonné, son œil les compte encore:
Il laboure ses plants, seconde leur vigueur;
Le travail qui le courbe est son consolateur:
L'appareil des moissons devant lui se déploie,
Et l'espoir dans son cœur accélère la joie.
O vous! qui, végétant dans vos tombeaux dorés,
Vous êtes crus heureux, et n'étiez qu'enivrés;
Vous, de qui l'avarice insatiable et dure
Dispute au laboureur un pain qu'il vous assure;
Achevez; de sa ferme enlevez le produit,
Ravagez l'humble toît qui le couvre la nuit:
Dépouillé de ses biens par un luxe funeste,
Il jouit plus que vous; la Nature lui reste;

Et, sans vous envier votre lâche sommeil,
Il aime à la surprendre à l'instant du réveil.
C'est pour lui que le Ciel au matin se colore;
Que sa voûte étincelle, et fait pâlir l'aurore;
C'est pour lui que l'année a rempli tout son cours;
Il prolonge, en veillant, la saison des beaux jours.
Son épouse, encor jeune, est toujours sur sa trace,
Et, quoique sans parure, elle n'est point sans grace.
Son teint hâlé, mais frais et d'un rouge vermeil,
Est semblable à ces fruits, teints des feux du soleil.
Tandis que son époux, d'une main diligente,
Déchire avec le soc la terre obéissante,
Elle émonde, en chantant, les tendres arbrisseaux,
Va creuser des conduits pour diriger les eaux,
Coupe autour des moissons l'herbage parasite,
Et se plaint que le jour échappe encor trop vîte.
Quelquefois leurs enfans, précieux rejetons,
Se roulent auprès d'eux à côté des sillons;
Émules dans leurs jeux des travaux de leur Père,
Leur foible bras s'essaye à cultiver la terre :
Il les voit, les anime, et, par eux caressé,
Abandonne, en pleurant, le sillon commencé :
La jeune Mère alors quitte aussi son ouvrage;
La fatigue l'abat, un baiser la soulage :

Vers

Vers sa femme et ses fils entraîné tour à tour,
Il bénit la Nature, et rend grace à l'amour.
Pourquoi dédaignons-nous, Sybarites des villes,
L'estimable habitant des champêtres asyles ?
Autrefois les Romains, ce Peuple de vainqueurs,
Contre leurs ennemis armoient des laboureurs.
La bêche et les rateaux, ennoblis par l'usage,
Avoient durci la main qui renversa Carthage.
Ah! ces mortels, du moins, loin de nos arts trompeurs,
En perdant tout le reste, ont conservé les mœurs ;
Ils servent leur pays : quand tout les abandonne,
Ils font germer ces grains que le riche moissonne,
Et sèment de bienfaits, au sortir du berceau,
Le pénible chemin qui les mène au tombeau.

ABANDONNONS les champs et leurs travaux utiles.
Ton retour a paré de plus secrets asyles,
O le plus beau des Mois! ton souffle m'y conduit :
Zéphire te précède ; et l'oiseau * qui te suit
Oppose aux feux du jour l'azur, l'or et l'opale
De ce cercle étoilé qu'avec pompe il étale.
Dans ces rians jardins, que d'arbustes nouveaux
Penchent, pour s'enlacer, leurs ondoyans rameaux!

---

* Les Mythologistes donnent au mois de Mai le Paon
pour attribut.

L'Aubépine champêtre au Lilas s'y marie;
Et l'humble Réséda par-tout s'y multiplie.
Quelle main dessina tous ces compartimens?
De différentes fleurs quels frais assortimens!
L'une implore les soins de l'active culture,
L'autre échappe sans art des mains de la Nature.
J'admirois leur mélange et leur variété.
Soudain s'offre à mes yeux une Divinité,
Aussi jeune qu'Hébé, comme elle sans parure.
Des feuilles de jasmin nouoient sa chevelure :
Son regard est brillant; la Nymphe, à chaque pas,
Marche sur une rose, et ne la flétrit pas :
En habit de bergère, elle annonce une Reine;
Et le baume des prés ressemble à son haleine.

AUTREFOIS, me dit-elle, on me nommoit Cloris.
Heureuse dans les champs, où commande Cypris,
Je n'avois d'autres biens que leurs simples largesses.
Le siécle d'or est né du mépris des richesses.
Mais je dus au hazard, peut-être à ma beauté,
Et le rang de Déesse et l'immortalité.
Mai venoit de fleurir : j'errois dans un bocage;
Je rêvois; en rêvant j'avançois sous l'ombrage :
Zéphire m'apperçoit; mon cœur palpite et craint,
Je l'évite, il me suit; je veux fuir, il m'atteint :

Et de suivre, à travers les mobiles rameaux,
Ce dédale brillant formé par les ruisseaux !
Que l'horison est pur ! qu'ils sont frais ces ombrages !
Que j'aime à découvrir ces lointains païsages,
Dont l'aspect fugitif, qu'une vapeur détruit,
Par intervalle échappe à l'œil qui le poursuit !
Vallons délicieux ! ô terrestre Élysée,
D'où monte jusqu'à moi l'ambre de la rosée ;
De vos détours secrets, asyles du bonheur,
Le calme attendrissant a passé dans mon cœur.
De mes sens rajeunis je vous porte l'hommage ;
Je l'offre à la Beauté dont vous m'offrez l'image.
Dans ces jours, où circule un invisible feu,
L'Univers est un Temple, et l'homme en est le Dieu.
Les Vents sous ces bosquets ont réchauffé leurs aîles,
Cette source, en fuyant, roule des étincelles ;
Avec l'azur des Cieux, vacillant dans ses eaux,
On voit s'y découper le verd des arbrisseaux :
Des chants harmonieux remplissent les bocages :
Quel mêlange d'odeurs parfume ces rivages !
Dans les veines du monde, enfin ressuscité,
La sève s'insinue avec la volupté.
Dans ton sein, ô Palès ! quels trésors tu renfermes
Un suc réparateur fait enfler tous les germes.

Au haut des ceps déjà je le vois arriver;
Par de secrets canaux il court les abreuver:
L'écorce s'attendrit, le bourgeon va paroître,
Et la grappe est déjà dans la fleur qui va naître.
Les bleds, à peine éclos sous les yeux de Cérès,
De leur jeune verdure ont orné les guérets.
Ces foibles rejetons, trop fragile espérance,
Réclament tous les soins que l'on doit à l'enfance.
Nous avons trop gémi sous le triste Verseau;
Vents, respectez l'année encor dans son berceau.
Ah! ne ravagez point d'imparfaites largesses,
L'Automne est riche en fruits, le Printems en promesses:
Ce Dieu de simples fleurs aime à se couronner,
Et nous laisse entrevoir ce qu'il ne peut donner.
Mais ne formons ici qu'un fortuné présage;
Quand le Ciel est serein, pourquoi prévoir l'orage?
Saisissons le plaisir, il germe sur nos pas;
Sous ces pins il s'incline, et nous ouvre les bras:
Il vole dans les airs que sa chaleur féconde,
Résonne dans les bois, et ruisselle dans l'onde.
Un magique pouvoir viendroit-il m'abuser?
Où mon œil ébloui va-t-il se reposer?
Choisira-t-il l'étang, que rase l'hirondelle,
Citoyenne des lieux où le printems l'appelle?

C'est à toi que j'ai dû ces aimables prestiges :
Ta brillante planette est fertile en prodiges.
Les Nymphes des jardins, les Nymphes des forêts,
Celles dont l'onde fuit sous des saules épais,
Toutes viennent, en chœur, célébrer ton empire ;
Elles doivent aimer le mois où l'on soupire.
C'est sous ton signe heureux, au matin d'un beau jour,
Qu'est né ce Dieu cruel que l'on appelle Amour,
On le nourrit des fleurs les plus fraîches écloses ;
Sur sa lèvre enfantine on exprima des roses ;
Pour lui sont leurs parfums ; leur épine est pour nous.
La main qui le caresse éprouve son courroux :
En mémoire des soins donnés à son enfance,
Il blesse !... et c'est ainsi que l'Amour récompense !
    Mais on dit que sans arme on l'a vu dans les bois ;
Il a quitté ses traits et posé son carquois.
Nymphes, hazardez vous ; l'Amour est sans défense,
Et veut fêter ainsi l'instant de sa naissance ;
Il est nud, dépouillé ; mais en est-il moins beau ?
Il s'embellit encore en quittant son bandeau.
Imprudentes, fuyez une ruse nouvelle ;
Redoutez de ses yeux la brûlante étincelle :
Votre cœur à ses jeux doit être accoutumé.
C'est quand l'Amour est nud, que l'Amour est armé.

C'est aussi dans ce mois que l'on vit Dionée
Sortir, en souriant, de la mer étonnée.
Par le plaisir émus, mille flots caressans
S'entrepoussoient autour de ses charmes naissans;
L'un baise ses cheveux que le Zéphir dénoue;
L'autre, près de sa conque, et bondit et se joue;
D'autres avec respect demeurent suspendus,
Fiers d'ouvrir un passage à la belle Vénus.
Le Triton recourbé, fendant l'onde écumante,
Change en soupirs les sons de sa voix effrayante,
Et sème de corail les courans fortunés,
Qu'en glissant sur les eaux le char a sillonnés.
Vous, filles de Téthys, de vos grottes profondes
Vous élevez vos fronts sur la cime des ondes;
Mais éveillé soudain par tant d'attraits nouveaux,
Le Dépit vous oblige à rentrer sous les eaux.
O Beauté! tu naquis au séjour des orages;
L'Univers à tes pieds apporta ses hommages;
Et je consacre ici dans un riant tableau
La saison dont la sève échauffa ton berceau.

Ta flamme embrâse tout: les coteaux reverdissent;
Des accens du bonheur les grottes retentissent:
L'Æther, à ton aspect, prodiguant ses bienfaits,
S'épanche sur les monts, descend sur les forêts;

Et, se couvrant de fleurs, la plaine qu'il inonde
Ouvre son sein avide au Dieu qui la féconde.
Par toi sont protégés sous de sombres berceaux
Les amours des Mortels, et l'hymen des oiseaux.
Chaque branche est un nid; tout se cherche, s'attire;
Tout semble ranimé par le même délire :
L'arbre n'a point de feuille insensible au desir;
Le moment qui l'agite est celui du plaisir.
Le palmier amoureux vers le palmier s'incline;
L'ormeau semble chercher l'ormeau qui l'avoisine :
Le peuplier soupire, et le cédre, à l'instant,
Répond par son murmure au soupir qu'il entend.
La chaîne de l'Hymen embrasse la Nature;
Il naît un nouveau sens que l'Amour nous procure.
Jusqu'au foyer des jours ce Monarque ou ce Dieu
S'élève, enorgueilli de ses aîles de feu :
D'un regard satisfait il parcourt son empire;
Lui-même il est heureux de l'ardeur qu'il inspire :
Le monde se répare, et l'Olympe enchanté
Sur la Terre à grands flots répand la volupté.

    Mai, tu m'as inspiré, reconnois ton ouvrage.
Tu peuples et les airs, et l'onde, et le feuillage.
De tes charmes encor je cache la moitié;
Cher à l'amour, ton astre est cher à l'amitié.

Le Soleil, le front ceint de rayons salutaires,
Entre, pendant ton cours, au signe des deux freres,
Amis trop fabuleux, dont le modèle, hélas!
Tant chanté parmi nous, ne s'y reproduit pas.
Le Tibre étoit fidèle à ta douce influence,
Et pour ouvrir le cirque attendoit ta présence.
C'est là que du théatre on nommoit les Vainqueurs;
Tu mêlois au laurier ta verdure et tes fleurs.
Tu ramenois ces jeux et ces danses romaines,
Où, sur de frais gazons et de molles arènes,
Des Vierges, des Héros, gaîment entrelacés,
Formoient d'amoureux chants, et des pas cadencés.
Les superbes faisceaux, la pourpre consulaire
Ne venoient point troubler ce folâtre mystère,
Et ces riants loisirs, enfans de la saison,
Déridoient quelquefois la vertu de Caton.
De tes premiers présens on ornoit les portiques;
On en paroit l'autel de ses Dieux domestiques.
Tu vis naître Adonis, tu vis naître l'Amour:
Tu les voyois tous deux fêtés à ton retour:
Mais, et ton influence et ton aimable empire,
Et ces jeux que pour toi ma Muse osa décrire,
Les fêtes de l'Amour, les fêtes d'Adonis,
Tous ces titres brillans, tous ces titres unis,

Ne valent pas la pompe, à jamais fortunée,
Que ton signe prépare, en couronnant l'année.
    Ils sont évanouis ces jours trop orageux,
Où d'une haine aveugle on attisoit les feux.
Refoulé vers le Nord, le Démon de la guerre
N'osera plus souiller ce tranquille hémisphère;
La Flandre voit en paix d'abondantes moissons
Couvrir d'épis dorés ses fertiles sillons:
Le beau ciel du Midi n'est plus chargé d'orages.
Nous laissons la Discorde à ces peuples sauvages,
Pour se détruire entr'eux par le sort destinés,
Et, vainqueurs, ou vaincus, toujours infortunés.
Un traité solemnel, par une étroite chaîne,
Joignoit déjà les Cours de Versaille et de Vienne.
L'Amour, que plus souvent il faudroit consulter,
Ravi de cet accord, songe à le cimenter.
Dans les calculs d'État en vain on l'emprisonne;
La Politique seme, et c'est lui qui moissonne.
Enfant, maître des Dieux, par toi vont être unis
La fille de Thérèse et l'héritier des Lis.
Quelle gloire pour toi! l'un placé près du Trône
Nous promet les vertus qu'exige la Couronne;
Il annonce déjà cette austère équité
Que prescrit le devoir, sans nuire à la bonté.

Ouvrant toute son ame au rayon qui l'éclaire,
Il apprend de Louis qu'un Monarque est un Pere.
L'auguste Agriculture attache ses regards;
C'est pour lui le plus noble et le premier des Arts.
Cérès voit s'élever un jeune Triptolème.
Un sillon dans les champs fut tracé par lui-même:
Rejetant loin de lui les vains amusemens,
La moisson de l'Automne enrichit son printems.
L'autre... Mais suspendons une indiscrete audace.
Peut-il être un portrait que son aspect n'efface?
Rivale des Héros, ô toi qui sais regner,
Qui sais combattre et vaincre, et plaire et gouverner;
Toi, nouvelle Pallas, qui pourrois par tes charmes
Soumettre les Mortels échappés à tes armes;
C'est toi qui la formas, que dirois-je de plus?
Laisse nous dans ta fille admirer tes vertus.
Que ton cœur attendri fasse grace à mon zèle;
La France la desire et va te voir en elle.
Lorsque la jeune Iris, Messagère des Dieux,
Vient suspendre son prisme à la voûte des Cieux,
De nuance en nuance éblouit notre vue;
Et console la terre, en émaillant la nue;
Cette pompe des airs, ce brillant appareil
Ne font que réfléchir les couleurs du soleil.

Pour hâter nos beaux jours laisse partir l'aurore.
Dans ton sein maternel tu la retiens encore :
Mais non... l'Hymen l'enlève, elle t'embrasse, fuit :
Ta main la redemande, et ton œil la poursuit....
Fleurs, naissez sous ses pas ; Zéphir, deviens fidèle.
L'Amour jouit, triomphe, et vole devant elle ;
Non ce vulgaire enfant, dont les traits émoussés
Frappent confusément, au hazard adressés,
Mais ce superbe Dieu qui plane autour des Trônes,
Voit tomber à ses pieds le faste des Couronnes,
Et dont les flèches d'or ne blessent qu'avec choix
Les Princes, les Héros ou les enfans des Rois.
Il dévore de l'œil le trésor qu'il amène.
Les vents à son aspect retiennent leur haleine ;
Les nuages épars n'oseroient le toucher,
Et les autres Amours craignent de l'approcher.
Par de secrets chemins le Danube lui-même,
Sous la terre égaré, suit la Nymphe qu'il aime,
La fille de ses Rois, dont, sur des bords heureux,
Il enchaîna l'enfance et vit les premiers jeux :
Il se fraie un passage, il s'élance, et la Seine
Sent bouillonner son urne à côté de la sienne.

Des jours trop paresseux devançant la lenteur,
Ah ! ma pensée enfin suit le vol de mon cœur.

Je crois déjà te voir, ô Nymphe fortunée !
De mille adorateurs marcher environnée.
Quel sourire ! quels traits ! sur ce front enchanteur
La douce majesté s'unit à la candeur.
Lorsque Mai refleurit, il nous peint son image.
Chaque pas l'embellit et lui vaut un hommage.
Heureux qui peut l'aimer ! trop heureux le mortel
Qui lui promet un Trône et lui dresse un autel !
Une grace la suit, une autre la précède ;
Un charme est effacé par celui qui succède.
Fût-elle une Bergère, avec tant de beauté
Elle eût regné sans doute, et l'eût bien mérité.
Quel splendide concours ! que de voix l'applaudissent !
De son nom glorieux que d'échos retentissent !
Sur elle tous les yeux réunis et fixés
Interprètent les vœux de nos cœurs empressés.
Tels, au moment qu'un astre, inconnu sur la Terre,
Par de nouveaux rayons étonne l'hémisphère,
Cent tubes pour le voir sont tournés vers les Cieux,
Il emporte vers lui les regards curieux ;
On l'épie, on l'observe, on l'érige en présage,
Et l'on craint de manquer l'instant de son passage.
　　Hymen, applaudis toi : le Temple est-il paré ?
Oui ; des plus beaux festons ta main l'a décoré :

Je les vois serpenter autour de ses colonnes,
Les Gémeaux sur l'autel suspendent deux couronnes.
Un Aigle sur le faîte enchaîné par Cypris,
Laisse tomber la foudre et joue avec les Lis.
Déjà sous le portique avance ta conquête ;
Le Bonheur a donné le signal de la fête,
Les Amans sont époux, l'Amour rit, et la Paix
Va porter dans les Cieux les sermens qu'ils ont faits.
Ingénieux Plaisirs, volez sous ces ombrages.
Vous, prestiges de l'art, enchantez ces bocages,
Et que votre féerie, épuisant tous ses dons,
Fasse envier aux Dieux le palais des Bourbons.

LE JOUR baisse et s'éteint. Un astre doux et sombre
Mêlange dans les Cieux la lumière avec l'ombre,
Et, fier de se lever sur ces charmans réduits,
Il annonce déjà la plus belle des nuits.
Qu'entends-je ? Le salpêtre et s'élance et résonne !...
Amours, ne fuyez point, ce n'est plus Mars qui tonne.
L'air étincelle au loin de mille feux nouveaux,
Et les astres des Cieux ont trouvé des rivaux.
Ce globe, à qui la nuit oppose en vain ses voiles,
S'élève en point obscur, et retombe en étoiles :
Pour le plaisir des yeux, ces serpens allumés
Déployent en glissant leurs anneaux enflammés.

L'élément destructeur qui brûle et qui renverse,
Revêt, à chaque instant, une forme diverse :
En nappes il s'épanche, il monte en jets brillans,
En gerbe s'arrondit, joue en cercles roulans,
Se divise en rameaux, se dessine en parterre,
Ou d'un fleuve embrâsé semble inonder la Terre.
Son bruit cesse, et soudain de plus fixes clartés
Sous ces bosquets de feu regnent de tous côtés.
De ce vaste canal les Nayades errantes
N'osent plus approcher de leurs grottes ardentes,
Comptent tous les points d'or semés sous ces berceaux,
Et s'étonnent de voir pétiller leurs roseaux.
Vulcain, abandonnant les antres de Sicile,
Contemple avec orgueil ce lumineux asyle ;
Mais, trompé tant de fois, et toujours soupçonneux,
Il croit que pour Vénus on a paré ces lieux,
Et que, dans leurs jardins, un rival qui l'affronte,
Distribua ces feux, pour éclairer sa honte.

PEINDRAI-JE ces festins, où de mille flambeaux
La clarté se disperse à travers cent cristaux ;
Ces spectacles, ces jeux, ces pompeuses merveilles
Qui captivent les yeux, le cœur & les oreilles ;
Tous ces jeunes Guerriers, tendre espoir de l'État,
Des regards de Louis empruntant leur éclat,

Ce cercle éblouissant, ces Beautés sous les armes,
Brillantes de rubis, éclipsés par leurs charmes?
L'heure sonne… O transport ! ô moment souhaité !
Jeunes Amans, tout fuit, mais l'Amour est resté.
La lampe nuptiale à son flambeau s'allume;
Il vole sous ces dais, c'est lui qui les parfume.
Suivez aveuglément la main qui vous conduit,
Ecoutez, sans effroi, l'enfant qui vous instruit.
Tour à tour il vous cache, il vous rend la lumière,
Et se sauve, en riant, dans les bras du Mystère.
Zéphir dort ou se tait : l'oiseau seul jusqu'au jour
Prolonge un chant d'hymen, inspiré par l'Amour.
D'insensibles vapeurs la terre est arrosée,
Le bouton s'enfle et naît sous des flots de rosée.
Mai, dont l'astre préside aux amoureuses nuits,
Peint d'un plus doux émail les jardins rafraîchis,
Et veut qu'un Couple auguste, en voyant leur parure,
Dise : notre bonheur embellit la Nature.

Couple cher et sacré, quel brillant avenir !
Jamais l'aîle du Tems n'osera le ternir.
Sur d'immortels fuseaux les Parques étonnées
Dévident en fils d'or vos longues destinées :
Le front ceint d'olivier, des palmes à la main,
La Concorde vous suit avec un front serein :

Dans les nœuds de l'Hymen l'Abondance arrêtée,
Renverse sur vos pas le trésor d'Amalthée ;
Où Lucine, à la France annonçant ses faveurs,
Laisse vos rejetons poindre parmi des fleurs.
Sous ces touffes de lis que leur tête surmonte,
L'œil avide les voit, c'est le cœur qui les compte.
Remplissez notre espoir : fiers du titre d'Amans,
Ne vous croyez époux qu'au centième printems ;
Et puissiez vous alors, dans ces lieux de délices,
Qui de vos feux naissans consacrent les prémices,
D'un si doux souvenir gardant la volupté,
Sourire encore au mois que ma Muse a chanté !

Ch. Eisen inv.   De Longueil Sculp.

HYMNE

HYMNE
AU BAISER.

DON CÉLESTE, volupté pure,
De l'Univers moteur secret,
Doux aiguillon de la Nature,
Et son plus invincible attrait,
Éclair, qui, brûlant ce qu'il touche,
Par l'heureux signal de la bouche,
Avertit tous les autres sens;
Viens jouer autour de ma lyre;
Qu'on reconnoisse ton délire
A la chaleur de mes accens.

Tu vas sur tes sujets fideles,
Dispersant des fléches de feu :
Tu nourris de tes étincelles
Le flambeau de l'aveugle Dieu.
Sans toi que seroit le bel âge ?
Il t'offre son premier hommage,
Il s'éclaire de tes rayons ;
Et, des desirs hâtant l'ivresse,
Sur les lèvres de la jeunesse
Tu fais tes plus douces moissons.

Loin de l'œil éclatant du Monde,
Combien d'Êtres infortunés,
Dans une obscurité profonde,
A gémir semblent condamnés !
Pour eux Zéphir est sans haleine,
Les épis qui dorent la plaine,
Rarement mûrissent pour eux ;
Toi seul les retiens à la Terre,
Et, même au sein de leur misère,
Tu leur apprens l'art d'être heureux.

La fleur qui pare nos prairies,
Te doit son lustre et son odeur.
Ces arbrisseaux que tu maries,
Sont tous éclos de ta chaleur.
Ces ruisseaux fuyant sous l'ombrage,
Ces flots caressant leur rivage,
Par ton souffle vont s'embrâser;
Pourquoi des lèvres demi-closes
Ont-elles la couleur des roses?
C'est là que siége le baiser.

Le froid scrupule en vain s'offense
De tes bienfaits consolateurs;
Tu tiens sous ton obéissance
Sages, Héros, Législateurs.
César quitte le Capitole,
Il menace, il s'élance, il vole,
Tout céde à ses travaux guerriers:
Mais il revient, briguant des chaînes,
Caresser les Dames Romaines
A l'ombre même des lauriers.

Ce Mahomet, ce fou sublime,
Contre tous les périls armé,
Qui pour l'erreur et pour le crime
Avoit cru ce globe formé,
Auroit-il, conquérant austère,
Supporté l'ennui de la guerre,
Sans les baisers de ses Houris,
Qui charmoient son ame inquiète,
Et, dans le Serrail du Prophète,
Réalisoient son Paradis !

Mais des demeures fastueuses
Tu crains l'appareil imposant ;
Les passions trop orageuses
En bannissent le sentiment.
Ah ! sur des lèvres altérées,
Et par l'ennui décolorées,
Voudrois-tu donc te reposer ?
Ces lambris dorés, cette estrade,
Ces carreaux, ces lits de parade,
Sont l'épouvantail du baiser.

Fuis sous les feuillages champêtres :
C'est là que réside la paix,
Et qu'à l'ombre des jeunes hêtres
On pratique tes doux secrets.
Sur des gerbes, sur une tonne,
Le baiser s'y prend ou s'y donne ;
Le plaisir n'y sait pas compter ;
Et l'impitoyable étiquette
Sur les lèvres d'une coquette
Ne t'y fait jamais avorter.

Mais, en quelques lieux qu'on t'appelle,
Ne déserte point mon réduit ;
Si j'ai pu te rester fidele,
Que tes faveurs en soient le fruit !
Seme des fleurs sur ma jeunesse ;
Jusques dans la froide vieillesse
Renouvelle encor mes desirs,
Et puisses-tu, pour récompense, -
Rencontrer souvent l'innocence,
Et la soumettre à tes plaisirs !

Puisse à ce prix, trompant sa mere,
La jeune fille de quinze ans,
Dans son alcove solitaire
Méditer ton art dans mes chants,
Interroger son ame oisive,
Dévorer l'image expressive
De l'amoureuse volupté,
Ne voir que baisers dans ses songes,
Et soupçonner dans ces mensonges
Les douceurs de la vérité!

ch. Eisen inven.il 1770.   D. Noël Sculp.

Ch. Eisen inv.   De Longueil Sculp.

I. BAISER.

LES ROSES,

o u

LA MOISSON DE VÉNUS.

Un jour la belle Dionée,
Dans un de ces bosquets qui couronnent Paphos,
Fit enlever le fils d'Énée,
Tandis que le sommeil lui versoit des pavots :

Elle-même sema de fraîches violettes
Le gazon embaumé qui lui servoit de lit :
Près d'Ascagne étendue en ces sombres retraites,
Vénus le voit dormir, et Vénus s'attendrit.

LA DÉESSE alors se rappelle
Du Berger qu'elle aima les jours trop tôt finis.
Il revit pour moi, disoit-elle,
C'est ainsi qu'il dormoit : tel fut mon Adonis.

ELLE SENT, à ce nom, errer de veine en veine
Ce feu dont le progrès augmente ses appas :
Combien de fois ne voulut-elle pas,
S'élançant à demi, ne respirant qu'à peine,
Au col d'Ascagne entrelacer ses bras !
Le desir naît sur ses lèvres ardentes :
Mais, craignant de troubler ce paisible sommeil,
Elle se laisse aller sur des roses naissantes,
Qui, graces à Vénus, verront plus d'un soleil.
Leur parfum la séduit, et leur fraîcheur l'attire ;
Au gré d'un caprice charmant,
Elle y porte la main, avec feu les respire,
En humecte sa bouche, et croit, dans son délire,
Ne baisant que des fleurs, caresser son amant.

Vous eussiez vu les roses enflammées
    Sous les caresses de Cypris,
  Épanouir leurs feuilles animées,
C'est de là que leur vient leur tendre coloris.

    AUTANT de baisers que de roses.
    Rivale des Zéphirs légers,
Vénus en donne tant de ses lèvres mi-closes,
Que les roses bientôt vont manquer aux baisers.

    SA MOISSON faite, elle s'envole;
Ses cignes éclatans l'emportent dans les airs,
En longs sillons d'azur devant elle entr'ouverts;
Elle impose silence aux fiers enfans d'Éole,
    Et les beaux jours naissent pour l'Univers.

    DU HAUT des cieux que son haleine épure,
Où son char d'or lui trace un lumineux chemin,
    Vénus sourit, et, le front plus serein,
Va semant les baisers sur toute la Nature :
    Elle en émaille la verdure,
Colore les épis, teint le duvet des fleurs;
Elle en couvre les bois, les prés, la grotte obscure,
Et répand sous les eaux leurs subtiles ardeurs.

Depuis ce jour, tout brûle, et s'unit, et s'enlace:
Le bouton d'un beau sein est éclos du baiser;
Une rose y fleurit pour y marquer sa trace;
Fier de l'avoir fait naître, il aime à s'y fixer.

ch. Eisen inscrit 1770.   L. Halbasquecliev Sculp.

II. BAISER.

L'ÉTINCELLE.

Donne moi, ma belle Maîtresse,
Donne moi, disois-je, un baiser,
Doux, amoureux, plein de tendresse...
Tu n'osas me le refuser :
Mais que mon bonheur fut rapide !
Ta bouche à peine, souviens-t-en,
Eut effleuré ma bouche avide,
Elle s'en détache à l'instant.

Ainsi s'exhale une étincelle.
Oui, plus que Tantale agité,
Je vois, comme une onde infidelle,
Fuir le bien qui m'est présenté.
Ton baiser m'échappe, cruelle!
Le desir seul m'en est resté.

Moreau del.   1770   N. De Launay Sculp.

III. BAISER.

L'ABEILLE

JUSTIFIÉE.

Dans la chaleur d'un jour d'Été,
Non loin d'un ruisseau qui murmure,
A l'abri d'un bois écarté,
Thaïs dormoit sur la verdure.
La voûte épaisse des rameaux
Brisant les traits de la lumière,

Entretenoit sous ces berceaux
, Une ombre fraîche et solitaire.
Thaïs dormoit : tous les oiseaux
Immobiles dans les feuillages,
Interrompant leurs doux ramages,
Sembloient respecter son repos.

Vers ces lieux un instinct m'attire ;
Il n'est point de réduits secrets
Pour l'Amant que sa flamme inspire :
Il devine ce qu'il desire ;
Son cœur ne le trompe jamais,
Et suffit seul pour le conduire.
J'arrive au bosquet enchanté :
Quel tableau ! celle que j'encense
Sommeilloit avec volupté,
Sous un voile au hasard jeté,
Qui satisfait à la décence,
En dessinant la nudité.
Sur l'ivoire d'un bras flexible
Son cou reposoit incliné,
Et l'autre bras abandonné
Sembloit mollement entraîné
Vers cet asyle inaccessible,

Trésor de l'Amant fortuné.

Thaïs a des fleurs pour parure :

Les tresses de ses cheveux blonds

Descendent, en plis vagabonds,

Jusques aux nœuds de sa ceinture.

Son sein captif qui se débat

Sous une gaze transparente,

Amoureusement se tourmente

Pour sortir vainqueur du combat,

Et moi, je languis dans l'attente.

Zéphir alors, soufflant exprès,

Dérange la gaze, l'entr'ouvre;

Au gré de mes soupirs discrets,

Déjà plus d'un lis se découvre.

Voici l'instant de me servir,

Disois-je à l'Amour, je t'implore :

Encore un souffle du Zéphir,

Et la rose est prête d'éclore.

L'officieux époux de Flore

Brise la chaîne des rubans.

Un seul lui résistoit encore,

Le nœud glisse... Dieux! quels momens!...

La barriere enfin est rompue;

Rien ne s'oppose à mon desir;

Un frais bouton naît à ma vue,
Et je n'ai plus qu'à le cueillir.

Je brûle, j'avance, je n'ose ;
Je retiens mon souffle amoureux ;
Mais au péril mon cœur s'expose ;
J'ai fait un pas, j'en risque deux :
J'approche ma bouche, et la rose
Se colore de nouveaux feux.

Je disparois, Thaïs s'éveille ;
Mon baiser agite son sein ;
Elle y porte en tremblant la main ;
Puis appercevant une Abeille
Qui, séduite par ses couleurs,
Pour elle avoit quitté les fleurs,
Et les fruits ambrés de la treille :
C'est donc toi qui me fais souffrir
Par une piqûre cruelle ?
Tu paîras mon tourment, dit-elle...
Quoiqu'il soit mêlé de plaisir...

Calme, lui dis-je, ta colère ;
Le coupable à toi vient s'offrir.

Je

Je suis l'abeille téméraire,
C'est moi seul que tu dois punir :
Mais non, Thaïs n'est point sévère.
Si je parviens à te fléchir,
Un second baiser peut guérir
Le mal qu'un premier t'a pu faire.

E

Ch. Eisen inv. delin.　　　1770.　　　C. Baquoy Sculp.

IV. BAISER.

LE NOUVEL OLYMPE.

Le croiras-tu? ces Conquérans altiers,
Tant célébrés par les cignes du Tibre,
Eux qui naissoient à l'ombre des lauriers,
En respirant l'orgueil d'un peuple libre;
Ces fiers Romains, ces sauvages Guerriers,
Ces demi-Dieux, sous qui trembloit la Terre,
Ainsi que nous, instruits dans l'art de plaire,
Fondoient un culte en l'honneur des baisers:

Ils héritoient des Fables de la Grèce ;
Songes rians, ingénieux loisirs,
Par qui le dogme ordonnoit les plaisirs,
Douces erreurs qu'adoptoit la sagesse.
O tems heureux ! où Flore et les Zéphirs
A leurs autels enchaînoient la jeunesse ;
Où l'on voloit sur l'aîle des desirs ;
Où dans les Cieux on plaçoit sa maîtresse ;
Où la Naïade, en confondant ses flots,
Par des soupirs échauffoit ses roseaux
Qui de Syrinx murmuroient la tristesse ;
Où le Léthé rouloit l'oubli des maux !
Thaïs, alors, chaque attrait d'une belle
Étoit lui-même une Divinité :
Un front ouvert, c'étoit la vérité ;
En le baisant, on fêtoit l'immortelle ;
Les lis du sein cachoient la volupté :
D'un œil brillant avec sérénité
L'Amour superbe allumoit l'étincelle :
La main vouée à la Fidélité
N'osoit toucher la main d'une infidelle.
D'un souffle pur oser cueillir l'encens,
Ravir les fleurs d'une lèvre vermeille,
C'étoit à Flore emporter sa corbeille ;

E ij

C'étoit aussi rendre hommage au printems.

Ainsi l'Amant consacroit son ivresse;

Et les baisers, toujours religieux,

Qu'il prodiguoit à sa belle maîtresse,

Formoient l'encens qu'il brûloit pour les Dieux.

O ma Thaïs! que ce culte m'enchante!

J'assemble en toi, je vois l'Olympe entier;

Et tous ces Dieux, que m'offre mon Amante,

Ne craindront plus qu'on les puisse oublier.

Ch. Eisen invenit. 1770.   L. Ch. Lingée sculp.

V. BAISER.

LA RÉSERVE.

Quand neuf baisers m'auront été promis,
Ne m'en donne que huit, et, malgré ta promesse,
    Soudain, échappe, ma Thaïs.
    En la trompant, augmente mon ivresse:
    Cours te cacher derriere tes rideaux,
    Dans ton alcove, asyle du mystère,
        Sous l'ombrage de tes berceaux;
    Fuis, reparois, et ris de ma colère.
De berceaux en berceaux, de réduit en réduit,
J'épîrai de tes pas la trace fugitive;

Je t'atteindrai, tu seras ma captive :
Le bonheur double alors qu'on le poursuit.
Défends toi bien, résiste avant que de te rendre ;
    J'aurai beau gémir, t'accuser ;
    Détourne avec art le baiser,
Quand ma bouche, avec art, sera prête à le prendre.
C'est ainsi qu'il est doux de se voir abuser.
    Les huit premiers, accordés par toi-même,
    Mettront le comble à ma félicité ;
    Mais je mourrai de plaisir au neuvième,
    Et sur-tout s'il m'est disputé.

Eisen inv.   *C. Baquoy sculp.*

ch. Eisen inv. 1772.   D Née Sculp.

VI. BAISER.

LE DÉLIRE.

Que je me plais dans ce séjour !
J'y suis auprès de ma maîtresse.
Quelle clarté vaudroit ce demi-jour !
Ces berceaux, ces gazons, ici tout m'intéresse,
Je ne veux, je ne vois, je ne sens que l'amour.
Belle Thaïs, ô toi que j'idolâtre,
Dans tes bras amoureux quand je tombe éperdu ,
Et qu'à tes épaules d'albâtre

Entrelaçant les miens, je reste suspendu;

  Quand nos haleines se confondent,

  Que par des murmures confus

  Nos cœurs s'appellent, se répondent,

Et qu'un soupir tient lieu de la voix qui n'est plus;

  Quand sur ton sein mes caresses plus vives

De la pourpre et du lis mélangent les sillons,

Et que mille baisers croisent leurs aiguillons,

Renvoyés tour à tour par nos lèvres actives;

  Mon ame alors, ivre de son bonheur,

Et me quitte et s'écoule, à force d'être émue;

Tu l'attires d'un souffle, ainsi qu'une vapeur

  Autour de toi brûlante et répandue.

  Elle renaît, expire tour à tour,

S'épanche, se résout comme un léger nuage,

Aux plus secrets appas s'ouvre un heureux passage,

  T'enveloppe de mon amour;

Elle humecte tes yeux aux paupières mourantes,

Où pèse mollement le doux poids du baiser,

Vient séparer ta bouche en deux roses naissantes,

Et, descendant toujours, cherche où se reposer.

  Alors je renais et m'écrie:

L'Amour soumet la Terre, assujettit les Cieux,

Les Rois sont à ses pieds, il gouverne les Dieux,
Il mêle en se jouant des pleurs à l'ambroisie,
Il est maître absolu : mais Thaïs aujourd'hui
L'emporte sur les Rois, sur les Dieux et sur lui.

VII. BAISER.

LE BAISER DEVINÉ.

Un soir d'été, quand l'astre de Vénus
Verse un jour doux sur les fleurs rafraîchies,
Joue à travers les rameaux plus touffus,
Et sert l'Amour errant dans les prairies ;
Thaïs, quittant l'ombre de ses berceaux,
Court respirer l'air serein des campagnes,
Et va chercher ses folâtres compagnes
Qui l'attendoient sur le bord des ruisseaux.

Un jupon court, un air de négligence,
Sans les contraindre, ajoute à leurs appas :
On s'entrelace; on croit marcher, on danse :
Sur le gazon l'essain vole en cadence :
Leur pied l'effleure, et ne le courbe pas.
Leur ame pure aux soucis est fermée.
Les sauts finis, on propose des jeux :
Thaïs attache un bandeau sur ses yeux;
Voilà Thaïs en Amour transformée.
On fait silence, on s'approche, et soudain
Plus ramassé le cercle l'environne :
Zémis imprime un baiser sur le sein,
Ciane au col, Rosire sur la main :
Chaque baiser tour à tour se moissonne,
Et ma Thaïs, qui se dépite en vain,
Doit deviner la bouche qui le donne :
Mais, qu'est-ce, hélas ! que ce jeu si charmant,
Si l'on exclud les baisers d'un Amant?
Toujours le piége est près de l'innocence.
Je voyois tout, à travers un buisson;
Et je voulois, dans mon impatience,
Cueillir aussi ma part de la moisson.
Mon sein palpite, et mon œil étincelle;
Dans tous mes sens circule un feu nouveau :

J'avance et fuis, me résous et chancelle :
L'Amour me dit : ose, et sois moi fidelle ;
Thaïs toujours n'aura point mon bandeau.
Je crois l'Amour ; il m'applaudit de l'aîle,
Et je m'élance au milieu du troupeau.
L'éclair moins vîte a sillonné la nue.
Belles de fuir ; moi de les appaiser.
Je joins Thaïs, et ma bouche éperdue
Brûle son sein par un triple baiser.
Thaïs se trouble, et ne peut s'y méprendre ;
Fille jamais n'en donna de pareil ;
Le cœur lui bat, son front est plus vermeil :
On l'interroge, et je crains de l'entendre ;
Elle est muette : un doux frémissement,
O ma Thaïs ! s'élève dans ton ame ;
Elle s'allume aux rayons de ma flamme,
Et ton silence a nommé ton Amant.
La nuit survient ; c'est un tems d'indulgence ;
Son voile sert ma crainte et ta pudeur :
Ta voix jura de punir mon offense ;
Mais le serment vint mourir dans ton cœur.
Contre mes feux tes compagnes sévères
Vouloient encor t'armer, en te quittant,
Te rappeloient ces baisers téméraires,

Et demandoient un exemple éclatant :
Chacune insiste, et chacune, en soi-même,
Forme des vœux pour que celui qu'elle aime,
Le lendemain, lui veuille en faire autant.

1770

Ch. Eisen inv.   De Longueil Sculp.

VIII. BAISER.

LES BAISERS

COMPTÉS.

Sous ces tilleuls qui nous prêtent leur ombre,
Tu me promis cent baisers l'autre jour ;
Tu me les a donnés, mais sans passer leur nombre,
Eh! quel nombre, dis moi, peut suffire à l'Amour ?
Lorsque Cérès enrichit la Nature,
Sait-elle donc, trop avare Thaïs,
Le compte de tous les épis
Dont elle orne sa chevelure ?

Flore au hasard va semant ses bouquets,
Ces moissons de parfums sur son passage écloses ;
Et Zéphir ne tient point registre pour les roses
    Qu'il fait naître dans nos bosquets.
    Du haut de la brillante voûte,
Lorsque l'onde du Ciel s'épanche dans nos champs,
    Distille-t-elle goutte à goutte ?
    Jupiter quelquefois la verse par torrens.
    Et sur la plaine reposée
    Quand l'Aurore aux douces couleurs,
Laisse onduler ses rayons bienfaiteurs ;
Dans ses présens froide et symmétrisée,
    La voit-on mesurer aux fleurs
    L'émail transparent de ses pleurs
    Et les perles de la rosée?
Et les biens et les maux, les Dieux sur l'Univers
    Répandent tout avec largesse ;
    Et toi, Thaïs, qui nous peins la Déesse
Qu'une conque d'azur promène sur les mers,
Ainsi que les faveurs tu bornes la tendresse!
    L'enfant aîlé te combla tour à tour
    De tous ses dons, et ta froideur le blesse !
    Et c'est Thaïs qui compte avec l'Amour !
Ah! cruelle, ai-je donc calculé mes alarmes,

Et mes tourmens et mes soupirs?
Si tu comptes les maux, compte aussi les plaisirs.
Mais vas; confondons tout, les baisers et les larmes;
Viens; laisse moi dévorer tes beautés;
Viens, ne m'afflige plus par des refus coupables,
Et donne moi des baisers innombrables
Pour tant de pleurs... que je n'ai pas comptés.

Ch. Eisen inv.   De Longueil Sculp.

IX. BAISER.

Ch... Eisen inv.   Massard sculp. 1770

IX. BAISER.

LE CASQUE

Dans les bras caressans de la belle Déesse,
Le Dieu Mars languissoit brûlant et désarmé,
Et, le front rayonnant de la plus douce ivresse,
Il goûtoit à longs traits le bonheur d'être aimé.
Aux lèvres de Cypris son ame suspendue,
Loin de ces jeux sanglans qui font couler nos pleurs,
De transports en transports fugitive, éperdue,
Se reposoit en paix sous des voûtes de fleurs.
De folâtres Amours endossent son armure ;
D'autres, plus assidus autour de nos Amans,

F

Balancent sur leur tête un berceau de verdure,
Leur ménagent l'abri de cent myrthes naissans,
Et de leur fraîche haleine embaument la Nature.
Le Ciel est plus serein, la lumière plus pure :
L'air comme un feu subtil coule dans tous les sens,
Et l'onde, qui s'élève avec un doux murmure,
Mêle son jet limpide aux festons du ptintems.

    Tout-à-coup la trompette sonne ;
    On appelle Mars aux combats.
    Le tambour bat, et l'airain tonne:
    La Victoire, une lance au bras,
    Offre à l'Immortel intrépide
    Ses armes d'un acier brillant ;
    Son bouclier étincelant,
    Où l'Honneur qui lui sert de guide,
    Trace, en lettres de diamant,

Le nom de ce héros qui triompha d'Armide.
Mars y lit son devoir, et ne résiste plus ;
Des bras de la Déesse avec peine il s'arrache ;
Mais dans son casque, où flotte un effrayant panache,
Que trouve-t-il ? le nid des oiseaux de Vénus.
Leurs becs sont enlacés par le nœud le plus tendre ;
Rénfermant dans leurs cœurs tous les feux de Cypris,
De leur aîle amoureuse ils couvrent leurs petits,

Et contre Mars lui-même ils sauront les défendre.

Le Dieu s'arrête et demeure enchanté.

Deux Colombes sur lui remportent la victoire;

Il leur sourit avec sérénité,

Et, sourd pour cette fois à la voix de la gloire,

Il se rejette, il tombe au sein de la beauté.

Tous les Amours, par l'ordre de leur mère,

Écartent la trompette, et brisent les clairons;

Les chants sinistres de la guerre

Sont remplacés par des chansons,

Et les plaisirs de deux Pigeons

Retardent quelques jours les malheurs de la Terre.

ch... Eisen inv.   Mssard sculp.

1770.

X. BAISER.

LA CONVENTION.

Oui ; de ta bouche enfantine
Donne moi dans ces vergers
Autant de furtifs baisers
Qu'Ovide en prit à Corine ;
Autant (je n'en veux pas plus)
Qu'il naît d'Amours sur tes traces,
Qu'on voit jouer de Vénus
Et de beautés et de graces,
Sur ton sein, entre tes bras,
Dans ton délicat sourire,

Dans tout ce que tu sais dire, . .
Et ce que tu ne dis pas ;
Autant que ton œil de flamme,
Armé de séductions,
Lance d'aimables rayons,
Et de traits qui vont à l'ame,
De voluptueux desirs,
De rapides espérances,
Et d'amoureuses vengeances,
Signal de nouveaux plaisirs ;
Autant que nos Tourterelles
Roucoulent de tendres feux,
Quand le printems de ses aîles
Semble caresser ces lieux.
Alors, si trop de foiblesse
Me fait toucher à ma fin,
Je dirai ; viens, ma Maîtresse,
Recueille moi dans ton sein.
Que le vent de ton haleine
Mêle mon ame à la tienne ;
Sa chaleur va m'embrâser :
A cette ame évanouie
Rends et souffle encor la vie
Dans un long et doux baiser . . . .

De la rapide jeunesse
Saisissons tous les instans :
Bientôt la froide vieillesse
Vient conduite par le tems,
Hélas ! et par la sagesse.
O ma Thaïs ! le plaisir
A l'éclat des fleurs nouvelles,
L'inconstance du Zéphir ;
Comme lui prompt à nous fuir,
Il se fane aussi-tôt qu'elles.

Ch. Eisen inv.   De Longueil Sculp.

Ch. Eisen inv. delin. 1770. C. Baquoy Sculp.

XI. BAISER.

LA MORSURE.

THAïs, quel folâtre caprice
Contre moi semble t'exciter?
Eh, quoi! tu ris de ta malice,
Et te plais à la répéter?
Tu comptes donc pour rien, cruelle,
Ces traits pénétrans, enflammés,
Que l'enfant aîlé, ton modèle,
Dans mon cœur a tous enfermés?

F iv

Tes dents, ces perles que j'adore,
D'où s'échappe à mon œil trompé
Ce sourire développé,
Transfuge des lèvres de Flore ;
Devroient-elles blesser, dis moi,
Un organe tendre et fidelle,
Qui t'assure ici de ma foi,
Et nomma Thaïs la plus belle ?
C'est lui, ne le sais-tu donc pas ?
Qui de toi s'occupe sans cesse,
Élève aux astres tes appas,
Et dit les vers que je t'adresse.
C'est lui qui chante ma Thaïs
Au retour de la jeune Aurore ;
C'est lui seul qui la chante encore
Dans la solitude des nuits.
Le baiser que tes yeux promettent
Toujours préside à sa chanson.
Si les échos disent ton nom,
C'est lui que les échos répètent.
Cent fois, Thaïs, il a fêté
L'or de ta longue chevelure,
En tresses mollement jeté,
Et qui voltige à l'aventure,

Tes yeux doux et vifs tour à tour,
Et ce beau sein que j'idolâtre,
Où sur un frais monceau d'albâtre
Les desirs vont bercer l'Amour.
Songes-y bien; quand je t'appelle
Mon tout, ma Vénus, ma Thaïs,
Ma Colombe, ma Tourterelle,
Tous ces titres que tu chéris,
Ingrate, tu les dois au zèle
De l'organe que tu punis.
Crois-tu le contraindre à se taire?
Non, non, il brave en ce moment
Tous les maux que tu peux lui faire.
Viens, renouvelle son tourment:
Assailli des flêches brûlantes,
De ces dards perçans du baiser,
Il veut sur tes lèvres ardentes,
Il veut encor les aiguiser;
Et, chargé d'heureuses blessures,
Doux vestiges de volupté,
Essayer même, au lieu d'injures,
De nouveaux chants à ta beauté;
Vanter ces attraits innombrables,
Qui tous allument ses desirs,

Tes cheveux, jouets des Zéphirs,
Ton sein, ému par mes soupirs,
Et tes yeux, et ces dents coupables,
Qui font sa peine et ses plaisirs.

cl. Eisen inv.　　Baquoy Sculp.

L. Eisen del. 1770.   N. De Launay Sc.

XII. BAISER.

LA FAUSSE PUDEUR.

POURQUOI DONC, Matrônes austères,
Vous alarmer de mes accens?
Vous, jeunes filles trop sévères,
Pourquoi redoutez-vous mes chants?
Ai-je peint les enlèvemens,
Des passions les noirs ravages,
Et ces impétueux orages
Qui naissent aux cœurs des Amans?

Je célèbre des jeux paisibles,
Qu'envain on semble mépriser,
Les vrais biens des ames sensibles,
Les doux mystères du baiser.
Ma plume rapide et naïve
Écrit ce qu'on sent en aimant :
L'image n'est jamais lascive,
Quand elle exprime un sentiment.

Mais, quelle rougeur imprévue!
Quoi! vous blâmez ces doux loisirs,
Et n'osez reposer la vue
Sur le tableau de nos plaisirs!...

Profanes, que l'Amour offense,
Qu'effarouche la volupté,
La pudeur a sa fausseté,
Et le baiser, son innocence.
Ah! fuyez, fuyez loin de nous;
N'approchez point de ma Maîtresse :
Dans ses bras quand Thaïs me presse,
Et, par les transports les plus doux,
Me communique son ivresse;
Thaïs est plus chaste que vous.

Ce zèle, où votre cœur se livre,
N'est que le masque du moment :
Ce que vous fuyez dans un Livre,
Vous le cherchez dans un Amant.

XIII. BAISER.

LES JALOUX TROMPÉS,

IMITATION DE CATULLE.

Aimons nous, ame de ma vie,
Aimons, dans l'âge des Amours;
De la vieillesse et de l'envie
Que nous importent les discours?
On voit mourir et renaître les jours:
Mais dès que la lumière, hélas! nous est ravie,
Songes-y bien, c'est pour toujours.

Jette toi dans mes bras ; je brûle, je t'adore,
　　Viens,... au desir laissons-nous emporter.
Baisons-nous mille fois et mille fois encore,
Puis encor mille fois... pour ne nous plus quitter !
Soyons fiers, ô Thaïs, du nœud qui nous rassemble ;
Mais confondons si bien tous nos baisers ensemble,
Que les yeux des jaloux ne puissent les compter.

XIV. BAISER.

L'EXTASE.

Vois, ma Thaïs, cette vigne amoureuse
Se marier à ce jeune arbrisseau ;
 Vois le lierre embrasser l'ormeau
 De sa guirlande tortueuse.
 Puissent tes bras voluptueux
 Me serrer, m'enchaîner de même !
 Puissé-je par autant de nœuds,
T'enlacer, te presser, te ceindre de mes feux,
Me replier cent fois autour de ce que j'aime,
Et puissions-nous enfin nous reposer tous deux

Me

Dans l'extase du bien suprême,
Et ce calme enflammé connu des vrais heureux!...
Alors, ô ma Thaïs, ni les coupes riantes,
Où la gaîté pétille en bachiques vapeurs,
Ni la pompe des rangs, ni l'éclat des grandeurs,
Ne me détacheroient de tes lèvres ardentes.
　Anéantis à force de sentir,
　　L'œil humide et chargé d'ivresse;
　　Arrivés à cette foiblesse,
　　Le dernier degré du plaisir....
　　La même barque au noir rivage
Porteroit sans effort deux Amans éperdus,
　　Et nous y serions descendus,
　　Avant d'avoir soupçonné le passage.

G

(h.. Elson inv.   Masard sculp.1770.

XV. BAISER.

LE BAISER

DU MATIN.

Les étoiles brilloient encore :
A peine un jour foible et douteux
Ouvre la paupière de Flore,
Qui, dans ses bras voluptueux,
Retient l'inconstant qu'elle adore.
Le souffle humide d'un vent frais
Effleure les airs qu'il épure,

Soupire à travers ces bosquets,
Et vient hâter par son murmure
Le chant des hôtes des forêts
Et le réveil de la Nature.
Tu goûtois un profond repos,
Après une nuit fortunée,
Que nous avions abandonnée
Au Dieu des amoureux travaux :
Moi, je veillois ; dans mon ivresse,
Je recueillois tes doux soupirs ;
Et mes yeux, brûlans de tendresse,
Se reposoient sur la Déesse
A qui je dois tous mes plaisirs.
Les anneaux de ta chevelure
Flottent au hazard répandus,
Et voilent seuls tes charmes nus,
Dont le désordre est la parure :
Ton front peint la sérénité
Et du bonheur et de la joie :
Sur ton sein ému se déploie
L'incarnat de la volupté :
Tels quelquefois, après l'orage,
On voit, en monceaux parfumés,
La rose et le lis parsemés,

Joncher les gazons du bocage.
Ta bouche qu'Amour sut armer
De la grace la plus touchante,
Plus fraîche que l'aube naissante,
Semble s'ouvrir pour me nommer;
Et tes bras, dont la nonchalance
Se développe mollement,
Quelquefois avec négligence
Sont étendus vers ton Amant.

Mais cependant sur l'hémisphère
Vénus fait luire son flambeau :
Chaque degré de la lumière
Me révèle un charme nouveau :
Sur tous les trésors que tu laisses
En proie à mon avidité,
J'égare mon œil enchanté,
Et veux marquer par mes caresses
Tous les progrès de la clarté :
A mesure qu'elle colore
L'horison qui va s'embrâser,
Un feu plus ardent me dévore;
Et je crois que chaque baiser
Ajoûte un rayon à l'Aurore.

COMME je fêtai son retour !
De la nuit les astres pâlirent :
Tout-à-coup tes beaux yeux s'ouvrirent ;
C'est toi qui fis naître le jour.

C. Eisen, in.　　　　　　　　　　　　　　　　　　　　D. pinit sc. 1770.

XVI. BAISER.

LE PARDON.

Souvent l'Amour se venge d'un volage,
Je ne le fus qu'un seul jour, et sa nuit;
C'est encor trop:... Églé m'avoit séduit:
Elle étoit belle, et dans la fleur de l'âge.
D'entre ses bras échappé vers minuit,
Dans un moment où l'ombre de ses voiles
Enveloppoit jusqu'au feu des étoiles,
Je revenois sans escorte et sans bruit.

L'air qui s'agite, un rameau qui murmure,
Tout m'épouvante, et je crains tous les yeux :
On ne craint rien, alors que l'ame est pure ;
Et j'avois l'air, dans ma retraite obscure,
D'un criminel bien plus que d'un heureux.
Je me glissois.... quand soudain, au passage,
Par des enfans je me sens arrêter ;
Dans ma frayeur je ne pus les compter :
Ils étoient nuds : l'un près de mon visage
Porte un flambeau pour me voir de plus près ;
L'un tient des fers, dont j'ignore l'usage ;
Et celui-ci se joue avec des rêts.
C'est lui, c'est lui ! vîte, qu'on le saisisse,
S'écrie alors le plus malin de tous,
Tenez-le bien : Thaïs, dans son courroux,
L'a désigné, nous lui devons justice.
Rien n'est plus sot, vous le voyez, amis,
Qu'un infidèle, alors qu'il est surpris.
Vous voilà donc, le beau coureur nocturne ?
Lorsque Thaïs veille dans les soupirs ;
A la faveur de la nuit taciturne,
Vous avez cru nous voiler vos plaisirs ?
On vous guettoit : point de grace ; qu'il meure,
Lui qui coûta des pleurs à la Beauté !

Thaïs gémit, et l'attend à cette heure
Qu'il consacroit à l'infidélité :
Thaïs, hélas ! digne d'une autre chaîne ;
Thaïs semblable à l'aube d'un beau jour,
Et qui ne peut exhaler son haleine,
Sans envoyer des parfums à l'Amour.
Après ces mots , la brigade enfantine
S'arme de traits, de fers charge mes piés,
En charge encor ma main qui se mutine,
Et m'investit de nœuds multipliés.
Ah ! dit l'un d'eux, accordons-lui sa grace ;
Il se repent, il jure, foi d'Amours,
D'aimer Thaïs et de l'aimer toujours :
Est-il forfait qu'un tel serment n'efface ?
Une autre fois , me dit-il à voix basse,
Lorsque la nuit couvrira l'horizon,
N'affecte point une imprudente audace ,
Et souviens toi de garder la maison.
A mes regards la tienne se présente ,
O ma Thaïs ! le remords m'y conduit :
Je viens m'offrir au courroux d'une Amante :
Elle menace, et bientôt s'attendrit :
Ses yeux charmans où l'Amour se déploie,
Parmi les pleurs étincellent de joie :

Son sein échappe aux voiles envieux,
Palpite et bat sous la main du coupable :
Nous étions seuls, j'étois plus amoureux,
Et ma Thaïs n'est point inexorable.
Je profitai d'un heureux abandon ;
Et, rassemblant tout le feu qui m'anime,
Je ne pouvois me reprocher un crime,
Qui me valoit un aussi doux pardon.

XVII. BAISER.

L'ABSENCE.

Le tems n'a plus d'aîles pour moi;
Ce vieillard, à pas lents s'avance:
Mes jours s'envoloient près de toi;
Ils se traînent dans ton absence.
Le soleil ralentit son cours:
Je vois sans cesse la journée,
Où tu partis environnée
Par le cortège des Amours.

Les uns, veillant à la portière,
Baissoient les stors officieux,
Pour intercepter la lumière
Étincelante au haut des Cieux :
D'autres, à tes ordres fidèles,
Le front serein, l'œil animé,
Pour rafraîchir l'air enflammé,
Redoubloient le vent de leurs aîles.
Devançant l'essain qui te suit,
D'autres, en couriers plus agiles,
Vont reconnoître le réduit,
Et l'alcove, aux contours tranquiles,
Qu'ils ont destinés à ta nuit :
Moi je meurs dans l'inquiétude ;
Et, l'Amour plaintif excepté,
Pas un, Thaïs, ne m'est resté,
Pour consoler ma solitude.
Je ressemble au débile oiseau
Que l'on a privé de sa mère ;
Il soupire sur l'arbrisseau
Qui, près d'elle, avoit su lui plaire ;
Errant de bruière en bruière,
Il fuit les lieux de son berceau :
De même, rien ne peut distraire

Les longs ennuis de ton Amant :
Formé-je un vœu ? Dans le moment,
Il est suivi d'un vœu contraire,
Quelquefois un folâtre enfant
Au globe de feu qui l'éclaire
Oppose un verre transparent :
A mesure que son caprice
Le fait vaciller dans sa main ;
Les rayons réfléchis soudain,
Grace à ce mobile artifice,
Frappent les murs de ce palais,
Vont se jouer sur ces vîtrages,
Promènent des lueurs volages
Sur la cime de ces bosquets :
Portés de surface en surface,
Prompts à descendre, à remonter,
Leur empreinte brille et s'efface
Sans que rien la puisse arrêter :
Voilà mon cœur ou son image.
Toi seule fixois mes desirs :
Je suis poussé comme un nuage,
Et j'ai perdu tous mes plaisirs.
Ce n'est plus pour moi que la Terre
S'orne de festons verdoyans ;

Que la musette solitaire
Gémit sous les rameaux naissans ;
Que des bergers la troupe active
Se groupe au penchant des coteaux ;
Qu'enfin de limpides ruisseaux
Roulent une onde fugitive
Sur le gazon qui les captive ,
Et peint son émail dans leurs flots.
Loin de toi la Nature expire ;
Les Jeux désertent ce vallon :
Le souffle léger du Zéphire
Pour moi se change en aquilon :
A la grotte la plus secrette
Je cherche en vain quelques appas.
Le printems fleurit sur tes pas ;
Il n'est plus où l'on te regrette...

Ah ! que fais-tu dans ce moment ?
Loin du tumulte où l'on t'engage,
T'enfonces-tu dans un bocage ,
Pour y songer à ton Amant ?
Que l'air siffle, que les vents grondent,
Je ne vois que toi sous les Cieux :
Si l'absence interrompt nos nœuds,

Qu'au moins nos soupirs se répondent.
Que dis-je? à l'heure où je t'écris,
Peut-être un rival, un parjure,
Te fait oublier!... j'en frémis;
Un tel soupçon est une injure:
Sois fidèle, et tu m'en punis.
Il est vrai: tout me fait ombrage;
L'oiseau qui vole à tes côtés;
L'ormeau qui t'offre son feuillage;
L'onde qui baigne tes beautés,
La glace où se peint leur image;
Et même, excuse un tel aveu,
Quoique ton Serin parle peu,
Je suis jaloux de son ramage.

MAIS, chassons ces vaines frayeurs:
J'ai revu la retraite sombre
Qui, dans le secret de son ombre,
Voila tes premières faveurs:
L'Amour y scella nos tendresses;
J'y viens rêver à mes douleurs:
L'arbre témoin de mes caresses
Voit à ses pieds couler mes pleurs:
Je baise le gazon propice

Dont tes charmes ont approché,
Le sable où tes pas ont touché,
Et la verdure protectrice
Sous qui mon bonheur fut caché.

C'est moi-même qui le cultive,
Le myrte à jamais fortuné,
Le myrte que tu m'as donné
Avant de quitter cette rive :
Sous mes yeux il s'épanouït,
Et deviendra digne peut-être,
Ou de Thaïs qui le chérit,
Ou de l'Amour qui le fit naître :
Jamais l'inclémence des airs
N'offensa son tendre feuillage ;
Il brave, à l'abri de l'orage,
Le souffle glacé des hivers :
Au retour de la jeune Aurore,
Je l'arrose chaque matin ;
Je ne m'en fierois point à Flore,
D'un soin qu'elle réclame en vain,
Et veux seul embellir encore
L'arbre sacré de mon jardin.
Crois, lui dis-je, Thaïs l'ordonne ;

Avec toi croîtra mon amour :
Puissent tes feuilles quelque jour
Se voir tresser pour sa couronne !
Oui ; qu'elle t'envie à son tour,
Que ta verdure s'épaississe ;
Et que ta tige s'arrondisse,
Pour l'ombrager à son retour !

XVIII BAISER.

XVIII. BAISER.

L'IMMORTALITÉ.

DE quels charmes tu m'environnes !
Que je sens près de toi d'amoureuses fureurs !
Comme ils sont parfumés les baisers que tu donnes !
 En les cueillant, je crois cueillir des fleurs,
  Telles que les vergers d'Hymette
  En fournissent dès le matin
A ces filles de l'air qui sur la violette
Et l'œillet et le lis vont chercher leur butin.

Le souffle de ta bouche est comme une rosée
Qui court de veine en veine, enivre tous les sens,
Fait couler à longs traits dans mon ame embrâsée
Le délire, les feux, le nectar des Amans.

    Poursuis, poursuis; encore une caresse,
    Et je deviens immortel dans tes bras.
Mais ce titre n'est rien et ne me séduit pas,
Si ma flamme à son tour ne te change en Déesse.
Ah! l'immortalité ne sied bien qu'aux Amours:
Sous la même couronne il faut qu'ils nous unissent;
Si je ne vis pour toi, si nos plaisirs finissent,
    Qu'importe, hélas! que je vive toujours.

XIX. BAISER.

LES OMBRES.

CROIS MOI, jeune Thaïs, la Mort n'est point à craindre;
Sa faulx se brisera sur l'autel des Amours.
Vas; nous brûlons d'un feu qu'elle ne peut éteindre.
Est-ce mourir, dis moi, que de s'aimer toujours?
Nos ames survivront au terme de nos jours;
Pour s'élancer vers lui par des routes nouvelles,
Le Dieu qui les forma leur prêtera des aîles.
De ce globe échappés, nous verrons ces jardins

Ouverts dans l'Élysée aux vertueux humains.
Là, tout naît sans culture : en cet aimable asyle
La Terre d'elle-même épanche ses présens :
D'un Soleil tempéré la lumière tranquille
A ce qu'il faut d'ardeur pour fixer le Printems.
Ce sont de toutes parts des sources jaillissantes,
Dont le cristal retombe et fuit sous des lauriers;
Zéphir murmure et joue à travers les rosiers,
Fait ondoyer des fleurs les moissons odorantes,
Disperse leurs parfums, et dans ce beau séjour
Souffle avec un air pur les chaleurs de l'Amour.
Là, des tendres Amans les Ombres se poursuivent;
Ces Amans ne sont plus, et leurs flammes revivent:
Là se joue en tout tems la douce illusion;
Didon y tend les bras au fugitif Enée;
La sensible Sapho n'y quitte plus Phaon;
L'Ombre de Lycoris, de pampres couronnée,
Danse, rit et folâtre autour d'Anacréon.
Racine y soupirant aux accords de sa lyre,
Le front ceint d'un cyprès de fleurs entremêlé,
De l'Amour et des Vers sent le même délire,
Et baigne encor de pleurs le sein de Champmeslé.
Alcibiade y suit la volage Glycère;
César y va contant ses amoureux exploits:

L'Ombre enfin de Henri, cette Ombre auguste et chere,
De la Nymphe d'Anet semble adorer les lois
Dans ce bosquet riant et presque solitaire,
Où les ordres du Ciel ont placé les bons Rois.
Ces champs à ton aspect s'embelliront encore;
Le jour qui les éclaire en deviendra plus doux;
On n'aura jamais vu tant de myrtes éclore;
Le cercle des heureux s'ouvrira devant nous;
Nous leur demanderons le prix de la tendresse,
Amans ainsi que nous, ils liront dans nos yeux;
Et, pleins du même amour dont ils sentoient l'ivresse,
Le même sort nous garde une place auprès d'eux.

Ch. Eisen inv. delin.   1770.   C. Baquoy Sculp.

XX. BAISER.

LA COURONNE

DE FLEURS.

RENVERSÉ doucement dans les bras de Thaïs,
Le front ceint d'un léger nuage,
Je lui disois : lorsque tu me souris,
Peut-être sur ma tête il s'élève un orage.
Que pense-t-on de mes écrits?
Je dois aimer mes vers, puisqu'ils sont ton ouvrage.
Occuperai-je les cent voix
De la vagabonde Déesse?

A ses faveurs pour obtenir des droits,
Suffit-il, ô Thaïs, de sentir la tendresse?
 Thaïs alors sur de récens gazons
 Cueille des fleurs, en tresse une couronne.
  Tiens, c'est ainsi que je répons;
  Voilà le prix de tes chansons,
  Et c'est ma main qui te le donne :
Renonce, me dit-elle, à l'orgueil des lauriers;
Laisse ces froids honneurs qu'ici tu te proposes;
  Il faut des couronnes de roses
A qui peignit l'Amour et chanta les baisers.

SUPPLÉMENT

A L'ÉDITION

DES BAISERS.

IMITATIONS

DE

POÉTES LATINS.

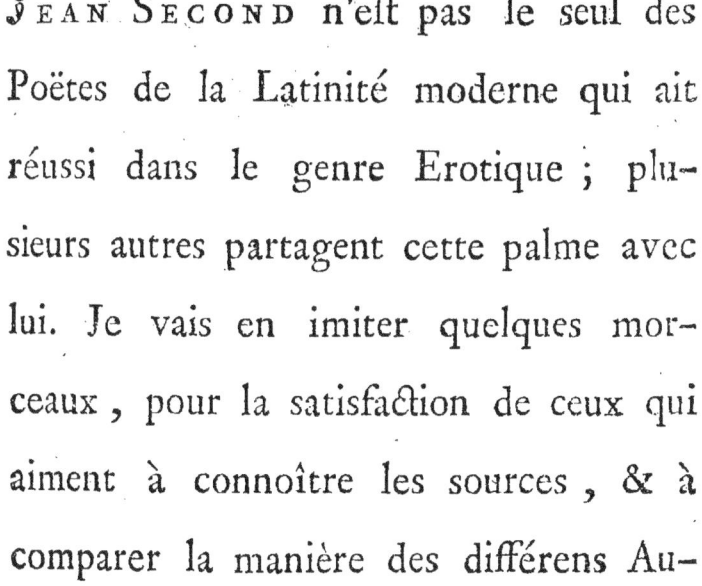

JEAN SECOND n'eſt pas le seul des Poëtes de la Latinité moderne qui ait réussi dans le genre Erotique ; plusieurs autres partagent cette palme avec lui. Je vais en imiter quelques morceaux, pour la satisfaction de ceux qui aiment à connoître les sources, & à comparer la manière des différens Auteurs. J'aime mieux que mon amour-propre souffre de la comparaison , que de laisser au Public quelque chose à desirer.

JEAN BONNEFONS,

Il naquit à Clermont en Auvergne l'an 1554 ; il fut Lieu-
tenant Général de Bar-sur-Seine. Il ne faut pas le confondre
avec *Jean Bonnefons*, son fils, autre Poëte Latin.

LA VEILLÉE DE VÉNUS.

O DOUCE NUIT, nuit favorable ! ténèbres plus
belles que le jour, vous m'apportez le bonheur &
la vie, vous ramenez ce que j'aime. . . . .

Je te presse enfin dans mes bras, toi, mon
amour, mes délices ! Voici l'instant de sacrifier à
Vénus, de réparer les heures tardives de l'attente.
Je puis donc jouir de tes charmes, m'abandonner
à mes desirs ! Je brûle, je languis.... Ah ! cruelle,
qu'attends-tu ? Pourquoi me défendre de sucer les
roses de ta bouche, de respirer le parfum de ton
haleine, d'unir mes lèvres aux tiennes par l'a-
moureuse étreinte du baiser ? prends pitié de l'ardeur qui me consume. Malheureux ! Je péris !

Amour, Vénus, secourez moi : Je succombe.... :
Je ne puis plus supporter le feu qui s'irrite dans
mes veines.....

C'est ainsi que le reste de mes forces s'exhaloit
en prières & en soupirs.....

· Elle m'écoute enfin, & sa colère s'évanouit.
Une aimable rougeur colore ses joues enfantines ;
ses yeux se mouillent de larmes ; Pancharis, me
dit-elle, est toute à toi. Un baiser de flamme ac-
compagne ces mots charmans : d'elle-même elle
s'approche , & s'enhardissant avec pudeur , se
laisse aller dans mes bras qui l'enveloppent de
mille nœuds.

Un torrent de volupté m'emporte : J'embrase
le sein de Pancharis des feux qu'elle alluma dans
le mien : entrelacés, confondus l'un dans l'autre,
nous nous touchons par tous les points : Je puise
à la source même du baiser..... Nos ames hale-
tantes , fugitives , se mêlent , se répandent , se dis-
tillent dans tous nos sens, & viennent partager
l'ivresse de nos plaisirs.

Flambeau qui nous éclairois , de combien de
transports tu fus témoin , lorsqu'attachés l'un à
l'autre , brûlans de desir, varians sans cesse nos
douces attitudes , nous sentions le nectar de l'a-

mour enfler nos veines, y circuler, humecter nos yeux, & ranimer nos forces par l'excès même du bonheur !

C'est dans ces momens que je m'écriois : Dieux ! gardez votre empire ; jouissez de votre immortelle destinée. O Pancharis ! pourvu que je te possède, que je te baise mille fois & mille fois encore ; je n'envie aux Dieux ni leur séjour ni leur immortalité. Quels vœux ai-je à former ? J'expire & renais sur ta bouche, je me nourris de ton souffle, mes yeux nagent mollement sur les tiens : tantôt j'entortille mes bras dans les tresses de tes cheveux ; je me suspends à ton col de lis, j'imprime sur tes joues l'ardent sillon du baiser, je dévore ce sein arrondi, séparé, qui appelle les caresses par son éternel mouvement. Nous imitons dans nos jeux, les amours, les soupirs, l'ardeur des Tourterelles : nous entremêlons la langueur & l'emportement ; agités, furieux, & soudain recueillis, nos ames, qui s'échappent à travers nos lévres demi-closes, se fondent & s'évanouissent dans un long enchantement.

Alors, ne respirant plus, affoibli, défaillant, je laisse tomber ma tête languissante dans le sein de ma belle Maîtresse, & le sommeil vient fermer mes yeux.   A iv

A peine ai-je pris quelque repos ; Pancharis, par mille agaceries insensibles, trouve le secret de m'éveiller : tu dors, me dit-elle : tu dors ! Ce reproche me ranime, & mes desirs renaissent.

Vénus se reproduit sous vingt formes différentes : jamais plus de délices n'enivrèrent deux Amans.

Je vous remercie mille fois, brillantes ténèbres, nuit qu'envieroient tous les Dieux, nuit charmante, que j'ai passée parmi les faveurs les plus intimes, les querelles, les raccommodemens, les cris voluptueux, suivis de ce silence qui l'est plus encore, les plaintes, les soupirs, les murmures d'une voix éteinte, les plaisirs presque douloureux, & les douleurs qui sont des plaisirs.

Je te remercie enfin, ô nuit enchanteresse, passée dans les bras de Pancharis !

SUR UNE PIQÛRE D'AIGUILLE.

AIGUILLE cruelle, dis-moi, que t'a fait la main de ma Maîtresse, cette main plus blanche que le lis? Que-t'ont fait ces doigts si jolis, si délicats? quel est leur crime, pour te déchaîner contr'eux, & les piquer avec fureur? Insensée! ne t'en prends plus à sa main; respecte ses doigts, ils ne sont pas coupables; c'est son cœur, son inflexible cœur, c'est lui seul qu'il faut punir: enfonces-y ton stylet acéré; enfonce le bien avant: quelle gloire pour toi, si tu amollis ce rocher, & si ton foible dard parvient à blesser un cœur que n'ont point effleuré toutes les flé-ches de l'amour!

L'ÉLYSÉE.

Toi, la Dépositaire de mon bonheur, Nymphe charmante, toi qui possèdes à toi seule toutes les graces éparses dans l'Univers; viens, donne moi un baiser, peut-être il appaisera mon ardeur: non, non, ne me le donne pas; il ne feroit que m'enflammer davantage; mais, par ton souffle si doux, attire mon ame à toi; qu'elle s'exhale, comme la vapeur du matin.

Que dis-je, épargne moi: n'ayant plus d'ame, hélas! que serois-je? une ombre vaine, errante sur les rives du Styx, rives infortunées, d'où les jeux sont bannis, où l'on ne connoît point la tendresse, où l'on ne fait plus l'amour!

N'importe, j'irai rejoindre alors les ombres paisibles de ce Tibulle si tendre, de ce Catulle si chéri.

Viens, qu'à mon tour je pompe ton haleine, comme l'Abeille suce les fleurs; & que ton ame, s'enfuyant avec la mienne, erre sur les rivages sombres entre Némésis & Lesbie, qui inspiroient ces Chantres immortels.

Je me trompois; on dit que les ombres mêmes sont fidelles à leurs amours. Sous les Mirthes de l'Elysée, l'ombre de Tibulle, toute pâle qu'elle est, soupire encore pour Némésis; Catulle y baise encore sa Lesbie, autant qu'une ombre le peut faire.

Viens, nous ferons comme eux! nos deux ombres, à leur exemple, se mêleront si amoureusement, & se baiseront tant de fois, que ces Patriarches des amours, enorgueillis de leur palme antique, finiront par nous admirer, & s'avoueront vaincus dans l'art même qu'ils nous ont appris.

LA SURPRISE.

J'ERROIS dans les forêts : Pancharis y avoit tendu mille embûches sous mes pas. J'étois sans défense : elle me surprend , & me fait tomber dans ses rêts : non contente de m'y voir pris , sa main me charge de fers. Hélas ! lui dis-je, à quoi bon ces chaînes , ces filets ? qu'avois-tu besoin de cette violence, pour me ravir mon cœur ? Je ne me plains point de ce qu'il est à toi ; mais, cruelle, pourquoi m'en faire un larcin ? J'aurois eu tant de plaisir à te le donner !

LE BAIN.

Un soir, après une chaleur brûlante, j'apper-
çus, à travers un chassis doré, ma belle Maîtresse
qui entroit au Bain. D'abord à demi-plongée,
elle ressembloit à Vénus, quand, sur sa conque
d'azur, elle s'élève à la surface des flots. Un ru-
ban nouoit & suspendoit les tresses de ses cheveux ; son col d'albâtre me rappeloit celui du Cigne de Léda ; ses beaux bras agitoient l'onde & la
faisoient jaillir autour d'elle en diamans liquides :
sa gorge à-fleur-d'eau en sortoit quelquefois & y
rentroit soudain. Figurez vous des lis & des roses
sous une gaze d'argent ; représentez vous l'astre
des nuits, dont la mouvante lumière étincelle
dans le canal qui la répéte.

L'éclair est moins prompt que je ne l'étois à
suivre tous les mouvemens de Pancharis ; elle en
fit un, qui développa tous ses charmes ; mais le
desir m'aveugla : l'amour rit, & je ne vis rien.

J'étois agité ; elle entendit quelque bruit, se
replongea dans le Bain, & avec elle disparurent
tous mes plaisirs.

LE TONNERRE.

J'ÉTOIS chez Pancharis vers le milieu d'un jour d'Été : soudain l'air mugit, le Tonnerre gronde, des fléches de feu se croisent dans les airs, les déchirent & les sillonnent. Sauve moi, me dit-elle, en se jetant dans mes bras, pâle & tremblante d'effroi. Eh! quoi, lui dis-je, la tenant embrassée, tu redoutes ces lueurs rapides, ces vains éclats qui se perdent & meurent dans la nue? Sauve moi, toi-même, de ces yeux meurtriers, qui détruisent mon espérance, & dardent leurs éclairs jusqu'au fond de mon cœur.

LE QUART-D'HEURE

D'AVANT LE RENDEZ-VOUS.

Quel feu court dans mes veines! quel doux espoir agite mes sens! L'idée charmante du combat qui se prépare, m'enivre au point qu'elle m'ôtera la force de le soutenir. Comment suffirai-je à mon bonheur, puisque la seule attente me donne une si vive émotion? O Vénus! bienfaisante Vénus, toi qui protéges les Amans fidèles; si j'expire dans cet assaut, victime heureuse de l'amour, recueille dans ton sein parfumé mon ame encore brûlante de tes faveurs, & transporte-la sous le berceau le plus sombre & le plus fleuri de ton empire.

SUR UNE FLEUR.

Fleur trop heureuse, qui reposes impunément sur le sein de ma Maîtresse, que ne suis-je à ta place ! Je ne serois point oisif & tranquille comme toi. L'amour sçait avec quelle ivresse je parcourrois ce champ d'albâtre, & comme j'y ferois une douce moisson de baisers. Je voudrois sçavoir s'il est quelque différence entre les deux globes mouvans dont tu occupes le milieu ; lequel a plus de rondeur, est semé de plus de lys & surmonté d'une rose plus vermeille ; ou plutôt, de peur de me tromper dans le choix, je les baiserois tous deux avec la même ardeur. De caresses en caresses, je parviendrois peut-être à deviner où conduit le sentier qui les sépare, & me glisserois insensiblement jusqu'aux trésors cachés sous le voile mystérieux de l'amour. Mais, Pancharis, hélas ! ce sein qui fait tout mon desir, je ne puis le toucher, ni de la main ni de la bouche : une simple fleur jouit d'un bonheur dont elle ne connoît pas le prix, & on me le refuse, à moi, dont le cœur est si bien fait pour le sentir !

A

A SON CŒUR.

V as, mon Cœur, vas trouver cette cruelle : dis lui l'ardeur qui me brûle, l'inquiétude qui me dévore, les pleurs que je répands ; dis-lui, que je traîne mes jours dans les ennuis ; mais, au milieu de tant d'amertume, de chagrins, de larmes & d'amour, dis-lui bien que, si elle pense à moi, je suis encore trop heureux.

LES DEUX ROSES.

J e t'envoie deux Roses, l'une blanche, l'autre du plus vif incarnat : l'une imite la pâleur de mon teint ; l'autre te peindra la flamme de mon cœur ; toutes deux te rappelleront mon infortune.

B

MURET.

L'un des meilleurs Ecrivains du XVIe. siècle: il naquit au Bourg de Muret, près de Limoges; il fut Professeur, successivement, à Paris, à Toulouse, à Venise & à Padoue. Il alla à Rome, où il s'acquit l'amitié du Pape & sur-tout des Cardinaux; il fut calomnié par *Scaliger*, justifié par Lambin : on a oublié les Satires, les Justifications; la Postérité ne se souvient que de ses ouvrages.

A PHILIS.

L'Amant, à qui tu accordes un regard est déjà fortuné ; celui qui obtient un baiser est au comble du bonheur humain ; ton amour en feroit un Dieu.

A LA MÊME.

Dans ton absence, les heures sont des jours, les mois, des années. Te revois-je ? les mois ne sont plus que des jours. Quand tu me quittes, le soleil a beau s'armer de tous ses feux ; la nature est en deuil, c'est l'hiver qui règne. Dès que tu reparais, tes yeux me raniment ; j'y vois sourire le printems, même au milieu des hivers. Sans toi, le plus beau jour me paroît une affreuse nuit ; avec toi, la nuit la plus sombre devient un beau jour. Quel empire les destins t'ont donné sur mes sens ! Tu changes pour moi la marche des astres, & l'ordre éternel des Cieux.

L'AGRAFFE.

Maudite Agraffe, pourquoi donc contraindre ainsi le beau sein de ma Maîtresse? Les Lis & les Roses naissent pour être libres. De grace, n'envie plus à mon amour les trésors qu'il réclame.

Qu'ont-ils fait ces deux jolis globes que tu retiens, pour mériter des fers & languir dans une prison?

Ne vois-tu pas comme ils luttent contre toi, comme ils cherchent à s'échapper; comme ils témoignent, par leur pulsation rapide, que les liens ne sont pas faits pour eux!

Tu ne m'écoutes point, tu ne veux pas me rendre l'objet de mes desirs. Vénus me vengera; oui, cruelle, oui, Vénus elle-même, que tú blessas un jour, quand elle voulut te détacher pour abandonner ses charmes aux caresses de son Amant.

THEOD. DE BEZE.

Ministre de Geneve, & le Chef des Calvinistes, après la mort de *Calvin*; il parloit, comme lui, dans les Synodes, & écrivoit comme *Ovide*, dans son Cabinet : il a fait des Traités, des héréfies & de jolis vers.

AU ZÉPHIR.

Toi, l'Amant volage de Flore, & le fidèle ami du Printems, toi qui souffles sur ses pas les parfums & la vie, réponds-moi, Zéphir! soit que tu parcoures les Prairies solitaires ou les Villes tumultueuses, soit que tu descendes dans les vallons de Tempé, que tu soupires dans les rosiers du Mont-Himette, & que tu voltiges gaîment d'un pole à l'autre, rencontres-tu jamais rien de plus beau que ma Maîtresse ?

As-tu jamais vû de plus longues paupières, des yeux d'une langueur plus touchante ?

Quand tu te joues entre ses doigts délicats, ne conviens-tu point que la nature les a moulés

B iij

exprès pour t'enchaîner ou caresser l'amour ?
Flore a-t-elle dans sa corbeille un bouton de
rose plus frais que celui de son sein ?

Que de fois tu t'es abattu, pour voir de plus
près ce pied charmant qui court sur les fleurs
sans les courber ; ce pied, le chef-d'œuvre des
graces, que Vénus envie, & que son fils ne peut
regarder sans sourire !

Mais, que vois-je ? imprudent ! que fais-tu ?
Tu badines dans ses cheveux ; tu fais voler leurs
tresses ondoïantes, & tu ignores le danger du jeu
qui te séduit. Prends garde : ces longs cheveux
flottans, ces tresses où tu t'égares, ne sont pas ce
qu'ils paroissent : ils cachent des chaînes qu'on ne
peut rompre, des filets qu'on ne peut éviter.

Moi, qui te conseille, j'y fus pris : tu vas l'être
toi-même ; tes ailes ne te sauveront pas : mais
Dieu ! quelle liberté vaut un si doux esclavage !

ALEANDRE.

Il est né à la Mothe, sur les confins du Frioul en 1480. Il fut Recteur de l'Université de Paris ; Bibliothécaire du Vatican, ensuite Nonce en Allemagne ; il étoit auprès de François I. à la bataille de Pavie & y fut fait prisonnier. Il a laissé plusieurs Ouvrages.

LES DEUX VÉNUS.

CITHERIDE étoit enceinte. On s'attendoit à voir naître un second Amour, armé comme son aîné, & comme lui dangereux. Eh! quoi, dit Jupiter, qui trembloit déja pour son repos, l'Amour à lui seul m'a contraint de revêtir le plumage d'un Cigne, d'attacher sur mon front les cornes d'un Taureau, & de m'insinuer en rosée brillante dans une tour inaccessible ; que ne feront-ils pas quand ils seront deux, & que tous deux auront des flèches & un flambeau? Il dit, &, par son ordre, Cithéride mit une fille au jour : il aima mieux qu'on adorât une Vénus nouvelle, que d'avoir à craindre un nouvel Amour.

B iv

J. B. AMALTHÉE,

Ils étoient trois frères de ce nom, originaires d'Italie, & tous trois célèbres par leur talent pour la Poësie : ils vivoient dans le XVIe siècle.

L'ABEILLE.

Fille de l'air, industrieuse Abeille, tu as beau pomper au lever de l'aurore la violette & le thim du Mont Hybla ; tu as beau te nourrir du suc des roses, & composer ton trésor de toutes les richesses du Printems, jamais ton miel le plus odorant ne sera si doux qu'un baiser d'Hyella, si parfumé que ses lèvres, si frais que son haleine.

AUSONE.

Ausone né à Bordeaux, fut un des plus célèbres Poëtes du IVe. siécle. Il étoit fils d'un Médecin. Valentinien le choisit pour Précepteur de Gratien, son fils ; la faveur seconda ses talens, & le fit parvenir à la dignité de Consul. On prétend qu'il fut Evêque de Bordeaux. Ce titre ne s'accorde guère avec la licence de ses écrits.

L'AMOUR DANS L'ELYSÉE.

En cet endroit de l'Elysée, que Virgile décrit, où s'enfoncent dans l'épaisseur d'un bois de Mirthes, ceux dont l'Amour a troublé la vie, les Héroïnes de ce Dieu célébroient ses mystères, & toutes conservoient les différens symboles de leur trépas. A la lueur d'un demi-jour elles erroient dans cette Forêt immense parmi les feuilles de roseaux, les pavots assoupissants, les lacs silencieux, & les ruisseaux qu'à peine on entend murmurer.

A travers les clartés incertaines de ce séjour, on distingue, éparses tristement sur des rives paisibles, les fleurs qui portent les noms des Rois &

des Amants enlevés au printems de l'âge. On y
voit Narcisse épris de sa beauté, le jeune Hyacinthe regretté d'Apollon, Adonis, à la tige d'or
mêlé de pourpre, & le Héros de Salamine, qui
semble encore se plaindre du triomphe de son
Rival. Tout ce qui fit répandre des larmes, tout
ce qui fut malheureux par l'Amour, se retrace
aux yeux de ces Héroïnes, & leur rappelle des
souvenirs attendrissants. Semelé gémit de l'honneur fatal qu'elle-même a brigué ; elle entend
gronder la foudre, & semble en repousser les
feux ; Cénis est affligé d'avoir repris son premier
sexe. Procris étanche ses blessures & chérit la
main qui l'a frappée : la jeune fille qui se préci-
pita du haut de la tour de Sestos, tient dans sa
main le phare dont elle éclairoit la route de son
Amant. La courageuse Sapho, qui devoit succom-
ber sous des traits partis de Lesbos *, menace de
se jeter du haut du Mont Leucate. Malheureuse
par son époux, & plus encore par son fils, la triste
Eriphile ** refuse l'ornement d'Hermione.

---

* Phaon étoit de Lesbos.

** Au moyen du Collier d'Hermione que lui donna
Polynice, elle lui enseigna la retraite de son mari, qui

Semblable à un tableau qu'on appercevroit dans le lointain, toute l'histoire de Minos y paroît sous une image vaporeuse & des traits presque insensibles. Pasiphaé suit les traces d'un Taureau aussi blanc que la neige. Ariane abandonnée mouille de pleurs le fil secourable qui guida son infidèle; préte à monter sur le bucher, la tendre Laodamie * regrette les deux seules nuits trop rapides, hélas ! qu'elle a passées avec son époux, l'une pendant la vie, & l'autre après la mort de ce Héros. Elise, Canacé, l'Amant de Pirame, confondent leurs soupirs; Thisbé tient l'épée de son époux, Canacé, celle de son père, & Didon, celle de l'étranger qu'elle aima. Un flambeau à la main, ornée de son Diadême d'étoiles, Diane court çà & là, comme elle faisoit autrefois, lors-

----

s'étoit caché, pour ne pas aller à la guerre de Thébes, où il savoit qu'il seroit tué. Instruit de la trahison de sa femme, il commanda à Alcméon, son fils, de faire mourir Eriphile : ce qui fut éxécuté.

* Femme de Protésilas. Le lendemain de ses nôces, il partit pour la guerre de Troye, où il fut tué : ayant appris sa mort, elle obtint des Dieux de le faire revivre un jour, de le voir & de lui parler. Après cette entrevue, elle se brûla sur un bucher.

que, sous les rochers de Lathmie, elle endor-
moit le bel Endymion. Mille autres encore, qui
chérissent la mémoire de leurs premières amours,
se plaisent à l'entretenir par de tendres gémisse-
mens, & savourent avec délices ces peines voluptueuses, dont la seule image est encore un plaisir.

L'auteur de tous leurs maux, l'Amour, l'imprudent Amour, écarte d'un vol rapide & bruyant
les ombres qui les environnent. Malgré le nuage
dont il s'enveloppe, pour dérober aux yeux l'or
rayonnant de sa ceinture, l'éclat de ses cheveux
blonds, son carquois éblouissant, & les étincelles
de son flambeau, toutes reconnoissent leur enne-
mi commun, & veulent le punir de pénétrer en
des lieux qui sont hors de sa domination. Il médite
envain des ruses pour échapper; elles s'attrou-
pent, s'encouragent, le saisissent palpitant de
frayeur, & le traînent au milieu d'elles.

Le bois qu'elles habitent renferme un Mirte
célébre par les supplices dont il fut le témoin.
C'est-là que Proserpine se vengea d'Adonis, qui ne
se souvenoit que de Vénus : c'est-là que l'on conduit & qu'on enchaîne l'Amour. On lui lie les
pieds, on lui attache les mains ; envain il pleure
& se mutine, point de pitié pour lui ; on rit de

ses larmes, & l'on ne diminue rien de la peine
à laquelle il est condamné. Toutes sont inno-
centes, lui seul est criminel ; toutes ensemble le
menacent avec les mêmes armes qui leur ont
donné le trépas ; l'une lui montre une coupe rem-
plie de poison, l'autre, un poignard ensanglanté ;
une autre lui fait voir des fleuves profonds, des
rocs retentissants, des vagues amoncelées, prêtes
à l'engloutir. Celle-ci agite autour de lui des tor-
ches fumantes & de lugubres flambeaux. Affec-
tant un air de clémence, celles-là veulent seulement qu'il leur serve de jouet, &, de la pointe
d'un stylet acéré, font jaillir quelques gouttes de
ce beau sang dont la rose est née, & dont elle
emprunte son coloris.

Sa mère elle-même, la bienfaisante Vénus,
poursuivie des mêmes remords, vient partager
les mêmes ressentiments ; loin d'intercéder pour
son fils, elle redouble son effroi, détermine contre lui les fureurs incertaines de ses accusatrices,
l'accable de reproches & veut lui faire expier tous
ses crimes, celui surtout d'avoir apporté les rets
invisibles, dans lesquels on l'a surprise avec son
Amant.

Aigrie par ce souvenir, Vénus va cueillir une

branche de roses, & Vénus a le courage d'en frapper l'Amour! les coups redoublés firent sortir du sang de son corps délicat, & la rose qui étoit déjà colorée, parut alors d'un rouge encore plus vif qu'auparavant.

La vengeance paroissoit plus grande que la faute, & Vénus alloit devenir coupable, lorsque les Héroïnes mêmes qui avoient enchaîné l'Amour, demandent sa grace, &, pour le justifier, accusent à l'envi le sort de la violence de leurs trépas.

Didon, l'infortunée Didon est la première à détacher les liens de ce charmant captif. Thisbé pleure elle-même, en essuyant les larmes du Dieu. Toutes savent bien qu'il fut la cause de leurs malheurs, & toutes voudroient encore le fixer auprès d'elles.

Bientôt Vénus s'appaise, &, faisant succéder la tendresse au courroux, les remercie du pardon généreux qu'elles accordent à son fils.

IMITATION
DE LA MÊME PIÉCE.
*Par le Poëte R o y *.*

PRÈS des Champs consacrés aux Ombres fortunées,
Loin du séjour affreux des éternels tourmens,
Sont des lieux peu connus, retraites qu'aux Amans
Proserpine & Pluton jadis ont destinées.
On n'y voit point règner les horreurs de la nuit :
Ce n'est point un jour pur que l'on y voit éclore.
　　　Une clarté douteuse y luit,
　　　Pareille à la naissante aurore ;
C'est-là que ces beautés de qui les noms fameux
　　　Remplissent la Fable & l'Histoire,
En accusant les Dieux rappellent la mémoire
　　　De leurs malheurs & de leurs feux.
　　　　L'ambitieuse imprudente,
　　　　Qui voulut voir Jupiter
　　　　Avec la foudre brûlante,
Se reproche un honneur qu'elle paya si cher.
　　　La tendre épouse de Céphale
　　　Déteste une jalouse erreur,

---

* La piéce que je place ici a joui de quelque réputation, & les gens de
goût seront peut-être bien-aises de la comparer avec l'original dont
j'ai risqué la traduction.

Et brise la flèche fatale
Qu'elle retire de son cœur.
Héro, d'une main tremblante,
Tient la lampe étincelante,
Qui lui servit seulement
A voir périr son Amant.
Ariane roule en colère
Le fil, triste instrument d'un perfide attentat:
Hélas! elle a trahi son père
En faveur d'un Amant ingrat.
A son vainqueur absent, Phédre encor sacrifie
Ses enfans, son trône & ses jours,
Et tour-à-tour, accuse & justifie
Ses involontaires Amours.
Moins coupables cent fois, & plus à plaindre qu'elle,
Et Didon & Thisbé vont se frapper le sein:
D'un ingrat qui la fuit l'une a le fer en main;
L'autre tient le poignard d'un Amant trop fidèle.
A leurs cris éclatans, l'Amour vient en ces lieux:
Le traitre dans leurs maux admire son ouvrage:
Malgré l'épaisseur d'un nuage,
Son carquois, son flambeau le décèle à leurs yeux.
Déjà la cohorte rebelle
Le menace, il veut fuir, il ne bat que d'une aile:
Il tombe, on le saisit, il verse en vain des pleurs:
Attaché sur un myrte, une fureur nouvelle
Va sur lui des tourmens rassembler les horreurs:
Amour! l'une à ton sein présente cette épée,
Par qui sa trame fut coupée,
L'autre offre à tes regards les débris enflammés
Du bûcher où ses jours ont été consumés:
Mirrha, de qui les Dieux ont endurci les larmes,
En fait pour t'accabler de redoutables armes.

Pourquoi

Pourquoi, s'écria-t-il, pourquoi tant de fureurs ?
    Cruelles, pouvez-vous connoître
Qui du sort ou de moi cause tous vos malheurs ?
    Il est aveugle autant que je puis l'être.
Eh ! n'avez-vous jamais éprouvé mes douceurs ?
Mais, je vais, si j'ai tort, réparer mes erreurs ;
Le remède est tout prêt, je puis vous en instruire.
Là, coule le Léthé ; je vais vous y conduire :
Ce Fleuve fait aux Rois oublier leurs grandeurs,
    Aux Esclaves, leurs chaînes :
Vos jours furent mêlés de plaisirs & de peines :
Là vous oublierez tout, & les ris & les pleurs.
Tout oublier, Amour ! Ah ! c'est trop, dirent-elles,
Si l'un sans l'autre, hélas ! ne se peut effacer,
Laisse-nous tous les deux : tes peines sont cruelles ;
Mais tes biens sont trop doux pour ne plus y penser.

STRADA.

Célébre Jéfuite du XVII. siècle, Auteur de l'Histoire des guerres des Pays-bas , & de plusieurs autres Ouvrages, tant en Profe qu'en Vers. Il naquit à Rome en 1640.

LE COMBAT

D'UN MUSICIEN ET D'UN ROSSIGNOL.

Déja le Soleil avoit fourni la moitié de sa course , & lançoit sur notre globe des rayons moins éclatants, lorsque, sur les rives du Tibre, un Chantre célèbre vint respirer le frais à l'abri d'un chêne antique , & charmer aux accords de sa Lyre les soucis d'une ame agitée. La Muse du lieu , la Sirene, l'innocente Sirene de la Forêt voisine , un Rossignol, l'entend , s'approche , se cache sous le feuillage , reçoit les sons du haut de son abri, se recueille, les étudie & les répéte,

Notre Orphée qui s'apperçoit de l'émulation de l'Oiseau, se plaît à l'aiguillonner encore , &, pour engager le combat, parcourt plus légérement les cordes de sa Lyre ; mais ses doigts sont moins prompts que le gosier de son Rival.

Surpris d'un tel prodige, il essaie des modulations plus compliquées & plus rapides ; le Rossignol les exécute ; l'art répond à l'art, la victoire reste incertaine.

Le Musicien alors essaie des difficultés nouvelles, varie ses tons, les mêlange, les croise, les multiplie. Tantôt on croit entendre une flûte qui soupire ; tantôt c'est le bruit du clairon belliqueux. Le Chantre aîlé s'anime par les obstacles, saisit tous ces passages, & les rend avec célérité. Sa voix s'élève ou s'abaisse, s'enfle ou s'affoiblit, mêle des sons doux aux sons les plus aigus, & lutte avec courage contre l'instrument qui la dirige.

Petit Chantre des bois, s'écria le Musicien en rougissant de colère, voyons si je te vaincrai cette fois, ou si tu me forceras à briser ma Lyre.

En même-tems il développe tous les secrets de son art ; ses doigts volent, il double, il triple ses accords, il imite le frémissement des flots, le tintement d'un métal qui résonne ; il se surpasse lui-même, & s'arrête avec une orgueilleuse sécurité, en attendant qu'on lui réponde.

L'ambitieux oiseau, quoique fatigué, & presque épuisé par les efforts qu'il a faits, en essaie de nouveaux, & cherche à ramasser toutes ses forces. Mais, hélas! il succombe, sa voix expire; il ne forme plus par intervalle que des sons timides qui trahissent son impuissance & prouvent sa défaite. Trop foible pour la hardiesse de son entreprise, & sur-tout pour sa douleur, il tombe sur la Lyre victorieuse, & y trouve un tombeau digne de lui.

SPAGNOLI

OU

LE MANTOUAN.

Général de l'Ordre des Carmes, Poëte Latin, mort en 1516; il fut surnommé le Mantouan, parce qu'il étoit natif de Mantoue : il a fait des Pièces galantes, un Poëme de la *Calamité des tems*, & sur-tout des Satires pleines de fiel contre les Prêtres & l'Eglise de Rome. On en jugera par ces Vers que j'ai traduits.

> Où le vice est sacré, la vertu ne l'est pas ;
> Gens de bien, fuyez Rome & ses noirs attentats :
> Tout s'y vend, l'Indulgence ainsi que l'anathême,
> Les Prières, le Ciel, le Pontife & Dieu même.

Dans un Recueil ignoré & que j'ai entre les mains, on lui attribue les Pièces qu'on va lire ; j'en ai cependant retrouvé deux ou trois dans les Œuvres de l'un des Amalthées.

LYCÉ.

Sous l'apparence d'un or furtif, Jupiter se glissa dans le sein de Danaé ; pour tromper Antiope, il prit les traits d'un Satyre.

Le Satyre Mænale, aussi ardent que le Maître

C iij

des Dieux, sollicitoit la Courtisanne Lycé avec toute la fougue de son âge & la séduction de son état : il ne put rien obtenir.

Ma mère m'observe, lui dit-elle, change toi en or : je veux bien qu'on me trompe ; mais je veux l'être comme Danaé.

A UNE FONTAINE.

Fontaine aussi pure que le cristal, toi dont les Nimphes voisines entretiennent la beauté, toi qui tombes en cascades étincelantes sous une voûte de Jasmins : soit que ma Maîtresse se joue dans ton onde fugitive, soit qu'elle en humecte ses lèvres parfumées, Fontaine, exprime si bien son image que l'empreinte en soit durable, & se peigne successivement dans chacun de tes flots.

Tu cesseras alors d'envier à la terre l'éclat de ses fleurs ; aux cieux, la pompe d'Iris ; & au soleil, la splendeur de ses rayons.

AUX NUAGES.

VOUS QUI PROMENEZ sur la cîme de ces Monts vos ombres vagabondes, & les laissez tomber sur cette grotte dont la fraîcheur invite au repos ; dépositaires d'une rosée fertile, nuages, dont l'obscurité me plaît, tempérez l'ardeur du jour, interceptez ses rayons, qui, comme des flèches de feu, cherchent à s'échapper de votre sein.

Dans ce tems de la récolte, Thestilis, la belle Thestilis, coupe elle-même les épis, les assemble en gerbes, & encourage les moissonneurs.

Nuages favorables, ne souffrez pas que le soleil brûle & dévore les roses de son teint ; protégez les travaux, le zèle & les charmes de ma Maîtresse.

PRIERE AU SOMMEIL.

JE TE CONSACRE, ô Morphée, cette coupe du plus ancien Falerne, & cette tige de pavots cueillis sur les rives taciturnes du Léthé ; mais daigne à ton tour exaucer la prière d'un Amant!

Lorsque tes doux prestiges livreront à mes transports ma Maîtresse enfin désarmée ; Dieu paisible, fais durer ce mensonge, retiens la cruelle dans mes trompeurs embrassemens ; retarde enfin l'heure de mon réveil : je ne suis point aimé, il détruiroit tous mes plaisirs.

LE
CAVALIER MARIN.

Il naquit à Naples, & passe pour un des plus agréables Poëtes d'Italie; son Ouvrage le plus estimé est son Poëme d'Adonis. Il a fait plusieurs pièces Erotiques, pleines de concetti, & de ce bel esprit qui éteint la volupté : En voici quelques-unes.

LES LARCINS.

L'Amour est né d'un Larcin. A l'aide d'un beau visage, il m'a volé mon cœur. Pour composer ce visage charmant, la nature elle-même a volé çà & là de la pourpre, des lis & des roses. Consens donc, chère idole de mon cœur, que je te vole un baiser.

L'ASSEMBLAGE
DES CONTRAIRES.

Baiser, délicieux & cruel, tu caches un trait brûlant sous les fleurs où tu reposes. Ta douceur produit l'amertume ; j'espérois appaiser par toi l'ardeur qui me dévore, tu l'augmentes au lieu de l'éteindre. Je trouve du poison dans le nectar mê-me de l'Amour. Desséché par la soif du desir, j'im-plore ta rosée rafraîchissante, je crois respirer la vie, & c'est la mort qui coule dans mes veines !

LA GUERRE DES BAISERS.

Recommencez, combats charmants de plaisir & d'amour ; poursuis, folâtre Naïs, poursuis tes dou-ces attaques. Bouche rusée, lèvres agaçantes, lan-cez, dardez votre aiguillon.... O Naïs, Naïs, tes armes sont des caresses, tes blessures sont des baisers.

LE NOUVEAU ZODIAQUE.

Par un autre Poëte Italien.

Le fonds de cette pièce est extravagant ; mais les détails sont pleins de graces & d'imagination.

JE NE TOURNE point mes regards vers l'astre éclatant des jours, que je ne sois indigné contre cette foule de Signes, qui partagent & déshonorent les cieux. Il fait beau voir, sous cette zone radieuse, le Lion secouer sa crinière ondoyante & rouler des yeux enflammés, se recourber l'arme tortueuse du Taureau, le Scorpion s'étendre, se traîner l'Ecrevisse, naître les malignes influences de la Planète qui préside à l'himen, fourmiller enfin tous ces animaux effrayants, qui ne servent qu'à immortaliser de profanes Amours.

Adorable Thémire, toi que les Dieux ont formée, pour montrer à ce globe qu'ils n'avoient rien créé de parfait avant toi, que ne puis-je, à l'envi du Soleil, me faire, en parcourant tes beautés, un Zodiaque plus brillant que le sien ! Je distribuerois comme lui, les jours, les heures, les

années; les richesses de la nature seroient l'ouvrage de tes charmes.

Aux approches d'Avril, je choisirois, pour ouvrir la saison du Printems, ce front où la candeur
repose, où siége la sérénité : c'est là qu'on verroit
poindre l'aurore des beaux jours.

Orné de Jasmins & de Lilas, lorsque Mai viendroit à sourire; je me jouerois dans tes cheveux
dont il fourniroit la parure; c'est delà que j'appel-
lerois la cohorte légère des Zéphirs : ils viendroient
prendre l'ordre à tes pieds, parfumer leur soufle,
en le mêlant avec le tien; vos soupirs confondus
feroient éclore les fleurs, la verdure, les nuances
variées des coteaux, & l'émail brillant des prairies, étalant sous tes pas les couleurs d'une Iris
nouvelle.

Juin me trouveroit arrêté sur tes yeux. Les
premières chaleurs naîtroient de leurs regards;
une séve plus active circulèroit dans tous les végé-
taux, & la fermentation des germes présageroit
la riante fécondité.

Les heures à peine auroient amené le brûlant
Juillet, j'irois sur ta bouche respirer la douceur de
ton haleine. C'est au feu de nos baisers qu'on verroit mûrir les présens de Cérès, & se dorer les

épis dont elle se couronne, quand elle se prépare à tenir ses promesses.

Je ne sais si trente jours me suffiroient pour habiter ce Signe charmant; quand j'y serois une fois, je voudrois y demeurer toujours; mais enfin le regret d'en sortir seroit adouci par le plaisir d'entrer dans un autre.

Au mois de la récolte, je descendrois vers ton col d'albâtre, & j'y moissonnerois tous les lis dont il est semé.

Tes épaules, plus blanches que la neige, m'offriroient bientôt une moisson aussi abondante que la première.

Dans le mois si cher à Bacchus, je caresserois tes jolis doigts, qui verseroient avec grace dans la coupe d'or de ce Dieu, l'ambre liquide de la treille & ses rubis étincelants.

Mais, dès que les Hyades de Novembre, escortées des vents du midi, inclineroient leur urne orageuse, je me réfugierois dans ton sein, & les deux roses qu'il récéle m'y retraceroient encore la douce image du Printems.

Les frimats alors blanchiroient le sommet des Monts, les Fleuves se sentiroient emprisonnés sous leur cristal immobile : une teinte uniforme

& morne se répandroit sur les campagnes solitaires, un vaste deuil couvriroit la nature déco-
lorée, & les sifflements des Aquilons annonce-
roient la sombre majesté des hivers.

Tout ce désordre ne viendroit point jusqu'à
moi; en quittant mon asyle sacré, je m'avance-
rois de mois en mois, de Planete en Planete vers
ce Signe enchanteur, où je finirois ma course, où
tous les autres seroient oubliés.

www.ingramcontent.com/pod-product-compliance
Lightning Source LLC
Chambersburg PA
CBHW070856030726
47504CB00005B/1354